금오신화

청소년들아, 김시습을 만나자

금오신화

김시습 글 | 류수, 김주철 옮김 | 이삼남 다시쓰기 | 송만규 그림

보리

차례

3부 백성보다 더 귀한 것은 없나니

우리 고전 깊이 읽기

- 매월당 김시습의 삶

- 우리나라 최초의 소설《금오신화》

- 김시습의 시와 정론과 서한문

1부

금오신화

만복사 윷놀이

萬福寺樗蒲記

남원 땅에 양생이라는 노총각이 살고 있었다. 양생은 어릴 때 부모님이 돌아가시고 홀로 자랐는데 나이가 들도록 혼인도 못 한 채 만복사라는 절에서 살았다. 양생의 방문 밖에는 배나무 한 그루가 자랐는데 해마다 봄이 되면 꽃이 활짝 피어 가지마다 은빛 꽃잎을 매달았다. 양생은 달빛이 은은하게 비추는 밤이면 그 나무 아래를 거닐며 낭랑한 목소리로 시를 읊조리곤 했다.

한 그루 배꽃을 벗으로 삼고
달 밝은 이 한밤을 뜻 없이 보내나니.
젊은 이 몸 외로이 창가에 누웠는데
어디선지 아름다운 피리 소리 들려오네.

짝 잃은 물총새는 외로이 날고
원앙새도 벗을 잃고 물 위에 떴네.
그 누가 온다면 바둑이나 두련마는

밤들어 등불 켜고 창에 기대었네.

하루는 양생이 여느 때처럼 이렇게 시를 읊조리고 나니, 공중에서 어떤 목소리가 들려왔다.

"자네가 좋은 배필을 얻고 싶은 모양이군. 그야 어려울 게 뭐 있나, 걱정하지 말게."

이 말을 들은 양생은 은근한 기대감과 함께 기쁨을 느꼈다.

다음 날은 마침 삼월 이십사일이었다. 이날은 사람들이 만복사에 모여 연등놀이*를 하면서 복을 비는 고을 풍속이 있는 날이다. 많은 이들이 앞다투어 몰려들어 부처님께 소원을 빌었다. 날이 저물어 사람들의 자취가 드물어질 때쯤 양생도 부처님 앞에 나타났다. 양생은 소매 속에 넣어 두었던 윷가락을 부처님 앞에 내놓으면서 말했다.

"내가 이제 부처님과 윷놀이 내기를 하려고 합니다. 만약 내가 지면 예물을 갖추어 부처님께 불공을 드릴 것입니다. 만일, 부처님이 지시면 평생을 함께할 아름다운 여인을 얻으려는 제 소원을 들어주셔야 합니다."

말을 마친 뒤 양생은 윷가락을 던졌다. 그리고 윷 내기는 마침내 양생이 이겼다. 양생은 부처님 앞에 꿇어앉으며 다시 말했다.

"약속하신 대로 제 소원을 꼭 들어주셔야 합니다."

이렇게 부처님께 거듭 다짐을 하며 양생은 궤짝 뒤에 몸을 숨기고 자기

---

* 연등놀이는 사람들이 절에 모여 등을 커서 달고 놀던 민속놀이의 하나.

소원이 이루어지기를 기다렸다.

그런데 얼마 뒤에 아름다운 한 여인이 홀연히 나타났다. 그이는 열대여섯쯤 되어 보이고 검은 머리를 단정하게 빗어 넘긴 모습이 마치 선녀처럼 아리따웠다. 그 처녀는 부처님 앞에 불을 켜고 향을 피운 다음 일어나 세 번 절을 하고 꿇어앉는데, 움직임 하나하나가 보기만 해도 얌전했다.

"인생은 어찌하여 이리도 빨리 지나가고 목숨은 짧기만 한 것일까."
하며 긴 한숨을 내쉬더니 품속에서 종이쪽지를 꺼내 탁자 앞에 바쳤다.

"어느 고을 어느 마을에 사는 아무개는 알립니다. 지난날 우리나라가 변방을 잘 지키지 못해 왜적이 침입했습니다. 위험을 알리는 봉화는 해마다 솟아오르고 왜적의 칼날은 사방에서 번쩍거렸습니다. 집이 불에 타고 재산을 약탈당한 백성들은 동서로 헤어지고 남북으로 피난하여 가족, 친척, 머슴 들이 모두 난리 통에 뿔뿔이 흩어졌습니다.

저 또한 연약한 여인의 몸으로 먼 곳으로는 떠나지 못하고, 집 안의 골방에 숨어 끝까지 절개를 지키고 몸을 깨끗이 보전하여 원수들의 만행을 목숨으로 막아 냈습니다.

부모님께서 딸자식의 수절을 대견하게 여기시고 한적한 산골에 살게 했습니다. 그리하여 거친 풀숲에서 외롭게 지낸 지가 벌써 삼 년이나 되었습니다. 꽃 피는 봄에도 달 밝은 가을밤에도 안타까운 마음으로 청춘을 헛되이 보냈으며, 떠다니는 구름처럼 흘러가는 강물처럼 부질없이 세월만 보냈습니다.

쓸쓸한 산골에서 짧은 인생을 한탄하고 홀로 지새우는 긴긴밤을 외로이 보내면서 짝 잃은 난새*처럼 서러움을 느낄 수밖에 없었습니다. 날이 가고 달이 가니 맑은 정신이 사라지고 여름낮과 겨울밤에는 가슴이 미어지는 듯하였습니다.

제발 부처님께서는 이토록 애처로운 제 사연을 굽어살펴 주십시오. 부디 좋은 분을 만나 인연을 맺을 수 있도록 해 주시길 간절히 바랍니다."

처녀는 읽던 글을 내던지고 그만 목멘 소리로 흐느껴 울었다. 이때 양생은 틈 사이로 그 모습을 엿보다가 아리따운 여인의 자태에 넘쳐흐르는 애정을 진정하지 못하고 선뜻 몸을 일으켜 앞으로 나아갔다.

"읽던 글을 내던지니 무슨 일이오?"

양생은 처녀가 읽던 글을 훑어보고는 은근한 기대감으로 얼굴에 기쁜 빛을 띤 채 말을 건넸다.

"당신은 대체 어떤 사람이기에 여기에 혼자 와 있는지요?"

"저 또한 사람입니다. 무슨 의아할 것이 있겠습니까? 당신은 아름다운 배필을 만나길 바란 것인데 이름은 알아 무엇 하시렵니까? 그처럼 당황할 것은 없습니다."

처녀는 이렇게 대꾸하는 것이었다.

이 절은 낡고 무너져서 스님들은 절 한쪽 구석에 몰려 살았고, 법당 앞에는 쓸쓸하게 아래채만 하나 남아 있었다. 양생은 처녀를 데리고 아래채의 복도 끝에 있는 좁은 마루방으로 갔다. 한참을 처녀와 서로 웃고 즐

---

* 난새는 중국 전설에 나오는 상상의 새로 모양은 닭과 비슷하나 깃은 붉은빛에 다섯 가지 빛깔이 섞여 있다고 한다.

기며 이야기를 나누었는데 그 모습이 마치 인간과 다름없었다. 밤이 점점 깊어 가고 달은 동산에 솟아올라 나무 그림자가 창문에 비쳐 들었다. 바로 그때, 어디선가 사람 발자국 소리가 들려오는데 처녀는 짐작이 되는 듯 물었다.

"거기 있는 게 시녀가 아니냐?"

"예, 그렇습니다. 아씨께서 지난날에는 중문 밖을 나가지 않고 걸음걸이도 여간 조심하지 않으셨는데, 어제저녁에는 우연히 나가 늦도록 돌아오지 않으니 어찌 된 일이신지요?"

처녀의 시중을 들던 시녀가 찾아왔던 것이다. 그러나 처녀는 태연하게 시녀를 보고 말했다.

"오늘 일은 우연이 아니다. 하늘이 돕고 부처님이 돌보신 덕으로 어질고 착한 분을 만나 백년가약을 맺게 되었다. 부모님께 알리지 않고 혼인해서는 안 된다고 예법에 가르치고 있으나, 이렇게 서로 즐거운 자리에서 맞이하게 된 것도 평생의 귀한 연분이다. 그러니 너는 초막*으로 돌아가서 돗자리와 술, 과일을 가져오너라."

시녀는 아무 말 없이 처녀가 시킨대로 따랐다. 뜰에 자리를 깔았을 때는 벌써 새벽 두 시쯤이었다. 차려 놓은 술상은 소박하여 아무 꾸밈새도 없으나 맑은 청주가 그윽한 향기를 풍기는데 도무지 인간 세상의 음식이 아닌 듯했다. 양생은 의심스럽고 이상하다는 생각이 없지 않았으나 처녀

---

* 초막은 풀이나 짚으로 지붕을 이어 조그마하게 지은 막집.

의 말씨나 웃는 모습이 청초하고 아름다우며 용모와 태도가 너무나 의젓하여 더는 의심하지 않았다. 처녀는 술을 따라 양생에게 주고 시녀에게 노래를 불러 술을 권하도록 하였다.

"저 애는 옛날 곡조 그대로 부를 뿐이니, 제가 새로 노래 한 곡조를 지어 부르게 하는 것은 어떻겠습니까?"

이 말에 양생은 더욱 기뻐하였다. 처녀는 바로 노래 한 곡을 지어 시녀에게 부르게 했다.

　　싸늘한 봄추위
　　얇은 옷에 스며들 때
　　향로*는 차디차고
　　그 얼마나 마음속을 태웠던가요.

　　황혼은 짙어 가며
　　저녁노을 떠오를 때
　　장막 안 원앙금침*에 님이 그리워
　　비녀를 반만 꽂은 채 피리만 불었더니
　　야속해라 세월은 화살 같아
　　하염없이 마음만 태웠을 뿐.

* 향로는 향을 피우는 자그마한 화로.
* 원앙금침은 원앙을 수놓은 이불과 베개.

등잔에 불 꺼지고

병풍도 나직하여

오직 눈물만 흘렸건만

누구 있어 이 마음을 알아주리오.

즐거워라 오늘 밤 한 곡조 피리 소리

무르녹는 봄철이 다시 돌아올 줄이야.

저승길에 맺힌 설움 긴 세월의 원한을 깨뜨리고

한 곡조 노래하며 은 술잔을 기울이니

서러워라 지난날이 서러워.

원한에 싸여 시름에 잠겨

독수공방 새던 날 그날이 서러워라.

노래가 끝나자 처녀는 서글픈 한숨을 지으며 말했다.

"지난날 봉래산*에서 좋은 님 만날 연분을 놓쳤으나, 오늘은 소상강*에

서 다시 옛 벗을 만난 셈입니다. 어찌 하늘이 준 행운이 아니겠습니까?

님이 만일 저를 저버리지 않으신다면 한평생 몸 바쳐 모실 것이오나,

제 소원을 들어주지 않으신다면 님과 저는 영원히 하늘과 땅 사이로 갈

라지게 될 것입니다."

*봉래산은 중국 전설에 나오는 상상 속 신령스런 산으로 신선이 살고 불로초가 있다고 한다.
*소상강은 중국 동정호로 흐르는 강.

양생이 이 말을 듣고 한편으로는 감격하면서도 또 한편으로는 놀라서 말했다.

"어찌 당신 소원을 들어주지 않겠습니까?"

그러나 처녀의 태도가 아무래도 심상치 않았다. 양생은 처녀의 행동을 낱낱이 눈여겨보았다. 이때 달은 벌써 서산에 걸리고 멀리 마을에서는 닭 우는 소리가 들려왔다. 절에서도 새벽 예불을 알리는 종이 울리고 동이 트기 시작했다.

"얘야, 이제 돌아갈 시간이구나."

처녀가 말하자 시녀는 주섬주섬 차렸던 것을 걷어 홀연히 사라졌다.

"연분이 이미 정해졌으니 함께 집으로 돌아갔으면 합니다."

양생은 처녀의 손을 잡고 마을 집들을 지나가는데, 울타리 밑에서는 개들이 짖어 대고 사람들은 벌써 길에 나다니고 있었다.

오가는 사람들 가운데 혹 양생을 아는 이가 있어,

"자네 이 이른 아침에 어딜 가는 길인가?"

하고 물었으나, 양생이 어떤 여인과 같이 걸어가는 줄은 모르는 것이었다. 그래서 양생은 천연덕스럽게 대꾸했다.

"어젯밤 만복사에서 취해 누웠다가 이제 친구 집을 찾아가는 길일세."

날이 활짝 밝을 무렵 처녀는 양생을 이끌고 무성한 풀숲으로 들어갔다. 옷을 흠뻑 적시는 풀 이슬뿐이고 오솔길조차 찾아볼 수 없는 아득한 벌판이었다. 양생이 물었다.

"사람 사는 곳이 어찌 이렇단 말이오?"

"여자 혼자 사는 곳이란 본래 이러하답니다."
하면서, 또 희롱하는 어조로 옛 노래를 외운다.

아 길이여 님이 오실 길이여

아침에 저물녘에

그 어찌 만나고 싶지 않으랴만

길섶 짙은 이슬에

옷 젖을까 염려로세.

양생도 이에 답하여,

여우도 짝을 찾아

강 언덕을 거닐도다.

노나라 풍속이 문란하다더니

제나라 아가씨도 잘 놀아나네.

라는 옛 시를 읊으면서 한바탕 웃었다. 양생과 처녀는 마침내 개령동에
이르렀다. 그곳은 사방이 쑥대밭이었으며 가시덤불이 하늘을 찌를 듯 무
성했다. 그 속에 자그마한 초막 한 채가 있었는데 작지만 매우 화려했다.
　처녀가 양생을 인도하여 함께 방으로 들어갔다. 방 안에는 이부자리와
휘장들이 가지런히 정돈되어 있는데 일부는 바로 엊저녁에 보던 것이 틀

림없었다.

양생은 이곳에서 사흘을 머물렀으나 마치 즐거운 한평생을 누리는 것처럼 느껴졌다. 처녀는 아름다우면서도 교활하지 않았고, 살림살이는 깨끗하면서도 꾸밈없는 품이 암만해도 인간 세상의 것이 아닌 듯했다. 그러나 처녀에 대한 깊은 애정으로 양생은 조금도 달리 생각하지 않았다.

그런데 처녀가 양생에게 이렇게 말했다.

"이곳에서 보낸 사흘은 인간 세상의 삼 년이나 다름없는 긴 세월입니다. 이제는 댁으로 돌아가서 살림살이를 돌보십시오."

이윽고 이별하는 잔치가 베풀어지자 양생은 너무도 섭섭한 마음에 처녀에게 물었다.

"왜 이다지도 갑자기 이별을 해야 하오?"

처녀는 서슴지 않고 청하였다.

"다시 만나 평생 소원을 풀 때가 있을 것입니다. 오늘 이렇게 제집에 오신 것은 지난날 연분이 있었기 때문이지요. 이왕이면 떠나시는 길에 우리 친척들이나 한번 만나 보시는 것이 어떻겠습니까?"

"그야 좋고말고요. 그렇게 하지요."

양생은 흔쾌히 승낙하였다. 처녀는 곧 시녀를 시켜 사방의 이웃들을 모이게 하였다. 첫째는 정랑이고, 둘째는 오랑이며, 셋째는 김랑이고, 넷째는 유랑이었다. 이들은 모두가 문벌 높은 귀족 집안의 자식들로 그 처녀와 한동네에 사는 친척 처녀들이었다. 성격이 온화하고 풍류와 운치를 아는 총명한 처녀들로 글도 많이 알아 시를 잘 지었다. 그들은 각각 시를 지어 양생에게 선물로 주었다.

　정랑은 풍류를 즐기는 듯했으며 구름 같은 머리채가 귀밑을 덮은 처녀였는데 다음과 같은 시를 읊었다.

봄철이라 밤이 드니 꽃도 곱고 달도 곱네.
긴 세월 시름 안고 해 가는 줄 몰랐어라.
서러워라 내 언제나 비익조* 되어
저 푸른 하늘 위에서 쌍쌍이 날아 보나.

불도 없는 어두운 밤 얼마나 깊었는지
북두칠성 가로눕고 달은 벌써 기울었네.
그윽한 이 황천에 오는 사람 있겠는가.
옷차림도 어지럽고 귀밑머리 흩어졌네.

늦게 맺은 그 연분도 끝끝내 허사되어
청춘이 다 지나니 일이 이미 글렀구나.
베개 위에 지는 눈물 방울방울 맺혔는데
뜨락에는 비 내리고 꽃잎도 지네.

* 비익조는 암컷과 수컷 모두 눈과 날개가 하나씩이어서 짝을 짓지 않으면 날지 못한다는 전설 속 새.

지루한 봄 한철도 속절없이 다 가는데

적막한 빈산에서 몇 밤이나 새웠는가

남교*에 지나는 님 만날 길이 없구나

언제쯤 배항처럼 운교 부인을 만날 것인가*.

오랑은 두 가닥 머리를 늘어뜨린 예쁘고 연약한 처녀였다. 그이는 넘쳐
흐르는 감흥을 이기지 못하고 정랑의 뒤를 이어 시를 읊는다.

절간에서 향 피우고 돌아오던 길

넌지시 윷을 던져 좋은 연분 만났구나.

피는 꽃 지는 달에 쌓고 쌓인 그 원한이

주고받은 한잔 술에 다 사라졌어라.

복숭아꽃 활짝 피어 이슬 함빡 머금어도

산골짝 짙은 봄에 나비 올 줄 모르더니

반가워라 이웃집에 궁합 맞는 경사 있어

노래 지어 부르면서 잔을 거듭 드리네.

---

* 남교(藍橋)는 중국 섬서성에 있는 지명으로 당나라 선비 배항이 이곳에서 미인 운영을 만나 함께 신
  선이 되었다는 이야기가 전해 온다.
* 선녀인 운교 부인이 배항에게 시를 써 주면서 운영을 만날 것이라고 말했다.

해마다 봄이 되면 산 제비는 돌아와도

애달파라 이내 몸엔 봄소식도 부질없네.

부럽구나 저 연꽃은 한 꼭지에 둘이 달려

긴긴밤 연못 속에서 쌍쌍이 춤을 추네.

단층 누각이 산 가운데 솟았는데

연리지˚ 가지 위에 꽃이 한창 붉었구나.

한스러운 나의 생애 나무만도 못하니

기구한 청춘에 눈물겨워 하노라.

김랑은 몸가짐을 단정히 하고 점잖게 붓을 들어 먹을 흠뻑 찍더니 정랑과 오랑의 시가 너무 음란하다고 꾸짖으면서,

"오늘 이 자리에서는 수다스러운 사연을 늘어놓을 것이 아니라 좋은 풍경을 읊는 것이 더 어울린다. 어찌하여 회포를 풀어놓아 예절을 잃고 야릇한 감회를 속세에까지 전하려고 하는 것인가?"

하고, 드디어 낭랑한 목소리로 시를 읊기 시작한다.

새벽바람 찬바람에 접동새 울고

은하수는 소리 없이 동쪽에 기울었네.

˚연리지는 다른 두 나무의 가지가 한데 합쳐져 한 가지가 된 것으로 부부를 비유한다.

애처로운 피리 소리 거듭 불지 마라.
저 세상 사람들과 정들까 걱정일세.

금 술잔 술잔마다 술 가득 부어 놓고
너무 많다 사양 말고 취하도록 마시고자.
내일 아침 이는 바람 사납게 불면
어쩌랴 봄 한철도 꿈결인 것을.

초록빛 옷자락을 나지막이 드리우고
풍악 소리 맞추어 잔을 거듭 기울이네.
이 흥을 다 풀기 전엔 집에 돌아가지 못하리.
다시금 노래 지어 새 곡조로 부르세.

몇몇 해나 고운 얼굴 티끌 속에 묻혔던가.
오늘에야 사람 만나 한번 웃어 보는구나.
신선의 좋은 일은 말하지 마소서.
풍류스런 이 이야기 인간 세상에 전해질까 두려워라.

유랑은 약간 화장을 하였으나 흰옷을 입어 그다지 화려해 보이지는 않았으며 행동 하나하나가 모두 절도 있어 보였다. 그이는 잠잠히 앉아 말이 없다가 자기 차례가 되자 상긋 웃으며 시를 읊는다.

곧은 절개 굳게 지켜 몇 해나 되었나.

고상한 넋 귀한 몸이 황천에 묻혔어라.

봄밤이면 내 언제나 달빛을 벗 삼고

계수나무 꽃그늘에 외로이 잠들었네.

복숭아꽃 자두꽃이 봄바람에 춤을 추며

무르익은 꽃동산에 천 점 만 점 휘날리네.

허나 삼가라 이내 평생 삼가라

곤륜산 고운 옥에 티가 되면 어쩌리.

연지분 내던지니 머리만 흐트러지고

향 그릇엔 먼지 앉고 거울은 녹슬었네.

이웃집 잔치라고 흥에 겨워 왔더니

곱게 꾸민 차림새 보고 수줍어만 하노라.

아리따운 아가씨는 고운 신랑 짝이구나.

하늘이 정한 연분 정분도 두텁구나.

달나라 늙은이*도 노끈을 맺었으리.

양홍과 맹광*처럼 서로 화목하시라.

*달나라 늙은이는 부부의 인연을 맺어 준다는 전설 속 늙은이 월하노인을 말한다.
*양홍과 맹광은 중국 동한 시대 화목한 것으로 이름난 부부.

처녀는 유랑이 읊은 마지막 시를 듣고 감동하여 앞으로 나와 말하였다.

"나 또한 약간의 글이나마 읽었으니 한마디 덧붙이지 않을 수 있겠습니까?"

하면서 시 한 수를 읊는다.

개령동 골짜기 안에서 봄 시름 가득 안고
지는 꽃 피는 꽃에 한숨 겨워 하였노라.
무산 구름 속에 님을 어이 본단 말인가
소상강 대숲 그늘에 눈물만 적셨더니.
따스한 날 맑은 강엔 원앙새 쌍쌍
구름 걷힌 푸른 하늘엔 물총새 쌍쌍
우리도 동심결을 좋게 맺어 내어
가을바람 원망하는 버려진 부채는 되지 마세.

양생도 원래 글솜씨가 있는 사람이라, 처녀들의 시가 뜻이 맑고 고상하며 여운이 넘쳐흐름을 보고 칭찬해 마지않았다. 양생도 그 자리에서 시 한 편을 단숨에 내리써서 화답하였다.

이 밤이 웬 밤이냐
선남선녀 만날 줄을.
꽃같이 고운 얼굴

앵두처럼 붉은 입술

시며 노래며 마디마디 깊은 뜻
이안*도 입을 떼지 못하리라.
저 하늘 직녀 아씨 베 짜다가 내려온 듯
달나라 항아 아씨 방아 찧다 내려온 듯.

꽃같이 고운 단장 온 방 안이 환하게 빛나네.
잔 들어 권할수록 잔치 놀이 흥겨워라.
선남선녀 사는 세계 자세히는 모르건만
마시고 노래 불러 마음 서로 화평하네.

즐겁구나 어쩌다가 봉래도에 들어와서
신선 나라 선남선녀 만나게 되었구나.
선남선녀 먹는 술은 항아리에 넘쳐 나고
향불 타는 연기는 금향로에 서려 있네.

술자리 끝난 다음 서로 이별 인사를 나누었다. 처녀는 은으로 만든 반상기* 한 벌을 양생에게 주면서 말하였다.

* 이안은 송나라 때 이름난 시인 이청조의 호.
* 반상기는 격식을 갖추어 밥상 하나를 차리도록 만든 한 벌의 그릇.

"내일은 우리 부모님께서 저를 위해 음식을 준비하여 보련사에 오시는 날입니다. 만일 당신께서 저를 버리지 않으시겠다면, 보련사로 가는 길거리에서 기다리고 있다가 저와 함께 절에 가서 부모님을 뵙는 것이 어떻겠습니까?"

양생은 흔쾌히 승낙하였다. 이튿날 양생은 은 반상기를 들고 처녀가 말한 길가에서 기다렸다. 과연 어느 대갓집 행차가 나타났다. 그들은 죽은 딸의 대상*을 치르러 가는 길이라고 하면서 수레와 말을 늘어세우고 보련사 쪽으로 가는 것이었다. 일행 가운데 한 사람이 은 반상기를 들고 길가에 서 있는 양생을 보더니 주인에게 말하였다.

"아씨의 무덤 속에 넣었던 물건이 벌써 도적을 맞았나 봅니다."

주인이 말하였다.

"그게 무슨 말이냐?"

"저기 저 사람이 들고 있는 은 반상기 말입니다."

그들은 마침내 말을 멈추고 양생에게 은 반상기를 얻게 된 사연을 물었다. 양생은 전날 처녀와 약속한 사실을 그대로 말해 주었다. 처녀의 부모는 한참 동안 놀란 얼굴로 이야기를 듣다가 이윽고 한숨을 지었다.

"나에게는 딸 하나가 있었는데 왜적의 난리 때 원수들의 창끝에 숨졌네. 그 뒤 미처 무덤도 만들지 못하고 개령사 근처에 임시로 묻어 두었지. 그래 놓고 이래저래 지금까지 제대로 장례도 치러 주지 못했네. 오

---

* 대상은 사람이 죽은 지 두 돌 만에 지내는 제사.

늘이 벌써 딸아이 대상이라 변변치 못하나마 재라도 한번 올려서 딸애의 명복을 빌까 하네. 그대가 만일 약속대로 하려거든 그 애를 기다렸다가 함께 와 주는 것이 어떻겠나? 너무 놀라지는 마시게."

처녀의 부모는 이렇게 말하고 먼저 떠났다. 양생은 한참 동안 그 자리에 선 채 기다렸다. 약속한 시간이 되자 과연 한 처녀가 시녀를 따라 사뿐사뿐 걸어오는데 전날 만났던 처녀가 분명했다. 두 사람은 기쁨에 넘쳐 서로 손을 잡고 보련사로 들어갔다. 처녀는 절에 들어서자 부처님 앞에 인사를 하더니 바로 뒤에 있는 흰 장막 안으로 들어갔다. 처녀의 친척이나 절의 스님들은 모두 이 사실을 믿지 못하였으나 오직 양생의 눈에는 처녀가 똑똑히 보였다. 처녀는 또 양생에게 청하였다.

"저와 함께 진지를 잡수시지요."

양생은 이 말을 처녀의 부모에게 알렸다. 부모는 시험 삼아 딸아이가 하자는 대로 해 주라고 했다. 그러자 달그락거리는 수저 소리가 들려오는데 그 소리는 분명 산 사람이 마주 앉아 밥 먹는 소리와 같았다. 처녀의 부모는 놀라고 감탄하여 마침내 양생에게 휘장 곁에서 하룻밤 함께 머무르라고 권하였다.

밤이 점점 깊어지자 두 남녀의 이야기 소리가 소곤소곤 들려왔으나 유심히 이야기를 들어 보려고 하면 말소리가 뚝 그치곤 하였다. 처녀가 말하였다.

"저의 행동이 예법에 어긋났다는 것은 잘 압니다. 어릴 적부터 《시경》과 《서경》을 읽었기에 예의범절을 조금이나마 알고 있습니다. 여자가 남자를 찾아다니는 것은 분수에 지나친 일이니, 인간으로서 예절을 지키지 못한 것이 부끄러운 일인 것은 알고 있습니다. 그러나 오랫동안 쓸쓸한 벌판에 버려진 채 파묻혀 있다가 사랑하는 마음이 한번 일어나고 보니, 억제할 수 없게 되었던 것입니다.

지난번 절간에서 부처님께 소원을 빌면서 복 없는 인생을 한탄하였더니, 비로소 삼생*의 연분을 만나게 되었습니다. 비록 소박한 몸차림이나마 갸륵한 님의 사랑을 받으며 백 년토록 모시면서 밥 짓고 옷 만들며 평생 동안 아내의 도리를 다하려 했습니다.

그러나 한스러운 운명을 피할 길이 없어 이제 저승길로 떠나야 하니, 즐거움이 다하기도 전에 슬픈 이별이 찾아왔습니다. 이제 한번 헤어지면 뒷날을 기약할 수 없으니, 섭섭한 마음을 무어라 말씀드려야 할지 모르겠습니다.”

처녀의 넋이 떠날 때 줄곧 울음 섞인 소리가 끊이지 않더니, 문밖에 이르러서는 다만 은은한 하소연만이 공중에서 들릴 뿐이었다.

저승길 운명은 막을 수 없어

애달프고 서러운 이별이구나.

바라건대 사랑하는 님이여

길이길이 이내 몸을 잊지 마소서.

*삼생(三生)은 불교에서 과거, 현재, 미래를 통틀어 이르는 말.

슬프고 슬프도다 우리 부모님

나를 짝지어 주지 못하셨네.

까마득히 머나먼 저승에서도

이 마음은 언제나 맺혀 있으리.

소리는 점점 멀어지면서 흐느끼는 울음소리 때문에 구별할 수 없었다. 처녀의 부모는 이제야 딸의 심정을 짐작하고 다시는 더 의심하지 않았다. 양생도 처녀가 저승 사람이 되었다는 것을 깨닫고 슬픈 생각을 억누르지 못해 통곡하였다. 처녀의 부모가 양생에게 부탁했다.

"은 반상기는 자네에게 맡기겠네. 그리고 우리 딸애에게는 밭 두어 뙈기와 시중꾼 몇 사람이 있다네. 이것이나마 믿음의 증거로 삼아 우리 딸애를 잊지 말아 주게."

양생은 이튿날 제물을 차리고 술을 갖추어 전날 처녀와 놀던 곳을 찾았다. 거기에는 과연 시체 하나를 임시로 묻어 둔 곳이 있었다. 양생은 재를 드리면서 종이돈을 태워 명복을 빈 다음 무덤을 만들어 장례를 치러 주었다. 양생이 처녀를 추모하며 쓴 글은 이러했다.

슬프다 그대는

나면서 온화한 성품이었고

자라면서 깨끗한 자질이었구나.

언제나 규방 안을 떠나지 않았고

항상 부모의 교훈을 받았네.

난리를 만나 귀한 몸 보전하여
포악한 도적 앞에서 정절을 지켰네.
쑥대밭 의지하여 외로이 살았나니
지는 꽃 뜨는 달에 마음 상했으리.

지난날 하룻밤에 우연히 만났다가
마음속 깃든 사랑 얽히고설키어
저승과 이승이 다르다 하나
고기와 물처럼 기뻐하였네.
백 년을 함께 늙어 가려 하였더니
어찌하여 하룻밤에 이별한단 말인가.

영전에 눈물 뿌리며
술 따라 슬픔 고하네.
요조한 얼굴 눈에 삼삼히 보이는 듯
다정한 음성 귀에 낭랑히 들리는 듯.

아 슬프도다
그대의 기질은 영민하고

그대의 품성은 상냥하더니

넋은 흩어져 떠났으나

정신이야 어이 길이 사라질쏘냐.

마땅히 내려와 여기에 머물라

향기 풍기며 내 곁에 있으리라.

삶과 죽음이 다르다 하나

내 심정만은 알아주리니.

그 뒤 양생은 집과 밭을 모두 팔아 여러 차례 처녀의 명복을 빌었다. 하루는 처녀의 영혼이 공중에서 양생을 부르면서 마지막 인사를 하였다.

"당신의 지극한 정성으로 저는 이미 다른 나라에서 남자로 태어났습니다. 비록 저승과 이승이 다르다 하나 당신의 은혜를 잊지 못하겠습니다. 당신도 다시 업*을 닦아 저와 함께 윤회*를 벗어나도록 합시다."

양생은 그 뒤 다시 결혼하지 않고 지리산으로 들어가 약을 캐며 살았다. 양생이 언제 죽었는지는 누구도 아는 이가 없었다.

* 업은 불교에서 몸과 입과 마음으로 짓는 선악의 소행.
* 윤회는 생명이 있는 것은 죽어도 다시 태어나 생이 반복된다고 하는 불교 사상.

이생과 최랑

李生窺墻傳

송도(옛 개성) 낙타교 옆에 이생이라는 젊은 청년이 살고 있었다. 나이는 열여덟으로 풍채 좋고 재주도 훌륭했는데 날마다 국학*에 다니며 글공부를 했다. 이생이 오가는 길목 선죽리에는 대갓집 딸 최랑이 살았다. 그이는 열대여섯쯤 되는 처녀로 얼굴이 아름답고 수놓기와 바느질 솜씨가 놀라웠으며 글재주도 뛰어나 시 또한 잘 지었다. 그래서 최랑과 이생은 당시 사람들의 입에 오르내리게 되었고 이런 노래까지 떠돌았다.

멋스럽구나 이 도령
어여쁘구나 최 낭자
재주와 얼굴이 밥이라면
삼키고 싶어라.

이생이 책을 끼고 국학에 갈 때는 언제나 최랑의 집 앞을 지나게 된다.

---

*국학(國學)은 고려 시대에 둔 중앙의 교육기관.

그 집 뒷담 밖에는 늘어진 수양버들 수십 그루가 줄지어 섰는데, 이생은 가끔 그 아래에서 쉬어 가곤 했다.

하루는 이생이 담 안을 슬그머니 들여다보았다. 그곳엔 꽃은 피어 우거지고 벌나비는 춤추며 날아다니고 새들의 노랫소리도 한창이었다. 그런데 그 속에는 조그마한 별당이 하나 있는데, 꽃떨기에 싸여 보일락 말락 했다. 구슬발을 반쯤 걷고 비단 휘장을 나직이 드리웠는데 방 안에는 한 미인이 앉아 수를 놓고 있었다. 그이는 힘에 겨운 듯 슬그머니 바느질을 멈추더니 턱을 괴고서 노래를 부르기 시작했다.

창가에 홀로 앉아 수놓기도 지쳤는데
우거진 꽃떨기에 꾀꼬리 소리 요란하네.
부질없는 봄바람이 원망스러워
말없이 바늘 놓고 뜬생각에 잠기네.

길 가는 저 도련님 어떤 도련님인가
푸른 옷깃 늘인 띠만 버들 사이로 보이는구나.
집 위로 날아가는 제비가 되어
구슬발 걷어차고 담장을 넘어가리.

이생은 이 노래를 듣고 싱숭생숭 설레는 마음을 좀처럼 억누를 수 없었다. 그러나 그 집 담은 높을 뿐만 아니라 솟을대문 문고리도 굳게 잠겨 있었다. 남의 집 뒷담을 함부로 넘어갈 수도 없이 섭섭한 마음을 억누르면서 그 자리를 떠났다. 그날 이생은 글공부를 마치고 돌아오는 길에 하얀 종이쪽지에 시를 써서 조약돌에 매달아 담 안으로 던졌다.

무산 열두 봉우리 안개에 겹겹이 싸였더니
반만 나온 높은 봉우리엔 푸른빛이 서렸구나.
초나라 양왕의 외로운 꿈*시름도 많구나.
구름 되고 비 되어서 양대에 내리소서.

사마상여가 탁문군*을 사랑하듯
오고 가는 마음은 이미 무르익었으리.
울긋불긋 담장 위 저 복숭아꽃은
바람 따라 어느 곳에 지려 하는가.

좋은 연분인지 좋지 않은 배필인지
속절없이 조이는 맘 하루가 일 년이네.
그대 읊은 시로 인해 서로 마음 맺었으니
남교에서 어느 날에 선녀를 만날 것인가.

* 초나라 양왕이 무산 아래 양대에서 선녀를 만나는 꿈을 꾸었다는 고사가 있다.
* 사마상여와 탁문군은 중국 고사에 나오는 사랑 이야기의 남녀 주인공.

최랑이 시녀 향아가 가져다준 종이쪽지를 보니 바로 이생의 시였다. 두세 번 거듭 읽으며 마음속으로 몹시 기뻐하였다. 최랑은 곧바로 종이쪽지에 "당신은 의심 마세요. 날 저물면 만나지요."라고 써서 이생에게 던져 보냈다. 이생은 그 말대로 어두워지기를 기다려 다시 그곳으로 갔다.

마침 복숭아꽃 한 가지가 담장 위로 가로놓여 그림자를 하늘거렸다. 이생이 다가가 눈여겨보았더니, 그넷줄이 드리워져 있었다. 거기에는 앉을깨(걸터앉는 물건)까지 매여 있었다. 이생은 즉시 그넷줄을 타고 담 안으로 넘어갔다. 때마침 동산에 달이 솟아오르며 꽃나무 그림자는 온 마당을 쓰는 듯이 너울거리고 훈훈한 꽃향기가 코를 찌르며 풍겨 왔다.

이생은 신선의 땅에 들어선 것처럼 한없이 즐거웠다. 그러나 한편으로는 은밀한 애정으로 남몰래 하는 일이라 마음이 조마조마하여 머리털이 쭈뼛 설 지경이었다. 눈을 휘둘러 좌우를 살펴보니 처녀는 벌써 나와 꽃떨기 속에 있었다. 그이는 향아와 함께 꽃송이를 꺾어 머리에 꽂은 채 으슥한 곳에다 담요를 깔아 자리를 만들었다. 최랑은 이생을 보더니 방긋 웃으며 시 두 구절을 먼저 읊었다.

복숭아 가지마다 꽃이 활짝 피었는데
원앙을 수놓은 베갯머리에 달빛이 새로워라.

이생은 곧 그 시에 화답했다.

다른 날 이 봄소식 새 나간다면

무정한 비바람이 못내 서러우리라.

이생이 읊기를 마치자마자 최랑은 그만 얼굴빛을 붉히면서,

"저는 본래 당신을 모시고 아내로서 도리를 다하여 길이 행복을 누리고

자 했는데 당신이 갑자기 이런 말씀을 하실 줄은 몰랐어요. 저는 비록

여자의 몸이지만 마음이 아무렇지도 않은데 어찌 대장부가 이런 말씀

을 하십니까? 다른 날 이 일이 새 나간다면 부모님의 꾸지람은 제가 받

겠습니다."

하고는, 향아를 보고 말하였다.

"너는 방에 들어가 술과 과일을 내오너라."

향아는 시키는 대로 곧바로 자리에서 일어났다. 사방은 고요하여 인기

척 하나 들리지 않았다. 이생이 먼저 침묵을 깨뜨리며 말했다.

"대체 여기가 어디입니까?"

"여기는 우리 집 뒤에 있는 정원입니다. 부모님께서 무남독녀인 저를

각별히 아끼셔서 이곳 연못가에 별당을 한 채 지어 주셨습니다. 그리고

봄이 되어 온갖 꽃들이 피어나면 제가 여기서 자리잡고 살면서 시녀들

과 함께 놀도록 해 주셨습니다. 부모님이 계시는 곳은 여기에서 동떨어

져 있어 어지간히 웃고 떠들어도 좀처럼 들리지 않을 겁니다."

최랑은 술 한 잔을 따라 이생에게 권하고 시 한 편을 지어 읊는다.

꼬부라진 난간이 연못 속에 잠겼는데
연못가 꽃 속에서 님과 서로 속삭이네.
뭉게뭉게 피는 안개 무르익는 봄밤에
노래 가사 새로 지어 사랑 노래 부르네.

달 뜨자 꽃 그림자 담요 위에 비쳐 들고
꽃가지 움켜잡으니 꽃비가 쏟아지네.
바람 일어 맑은 향기 온몸에 풍기는데
님 위해 처음으로 봄볕 아래 춤을 춘다.
비단 치마 옷자락이 꽃가지를 스쳤구나.
꽃 속에 자던 앵무새가 잠 깨어 일어나네.

이생 또한 노래로 화답한다.

무릉도원 들어서니 꽃은 피어 만발하고
님 그리던 이 마음을 어찌 다 말할까.
두 갈래로 땋은 머리엔 금비녀 나직하고
초록색 모시 적삼 봄빛이 새로워라.

봄바람에 피어나는 두 송이 꽃이거니
애끊은 비바람이 꽃가지를 스칠까 두려워라.

선남선녀 옷자락은 봄바람에 너울너울

계수나무 그늘 속에 항아 아씨 춤을 추네.

좋은 일 끝나기 전에 시름도 따르나니

앵무새야 이 노래를 퍼뜨리지 말아 다오.

상을 물린 다음 최랑은 이생에게 말하였다.

"오늘 일은 결코 작은 인연이 아닙니다. 낭군은 저를 따라가서 좀 더 정 겨운 이야기를 나누는 것이 어떠신지요?"

말을 마치자 최랑은 별당 뒷문을 열고 이생을 이끌었다. 이생은 그이의 뒤를 따랐다. 별당의 아랫방에는 사닥다리가 놓였는데 그것을 타고 올라 가니 바로 별당의 다락방이었다. 안에는 문방구가 깨끗하게 정리되어 있 고 한쪽 벽에는 이름난 그림들이 걸려 있었다. 각각의 그림에는 이름 모 를 시인들의 시가 쓰여 있었다.

첫 그림에 쓰인 시는 이러하다.

그 누구 필력이 이렇게도 힘차던가.

강 가운데 첩첩 산을 쉽게도 그려 냈네.

장하구나 방장산은 그 높이 만 길이라

까마득한 구름 속에 우뚝 솟아올랐네.

저 멀리 가물가물 몇백 리나 되는가.

가까이는 웅긋중긋 옆에서 보는 듯.

푸른 물결 넘실넘실 하늘가에 닿았구나.

저문 날 먼먼 길에 고향 생각 절로 나리.

두 번째 그림에는 다음과 같은 시가 적혀 있다.

그윽한 대숲엔 바람 소리 들리는 듯

구부러진 고목은 무슨 말을 하려는 듯

얽혀진 대 뿌리엔 이끼 가득 앉아 있고

고목나무 둥지엔 온갖 시련 서려 있네.

화공은 가슴속에 조화를 품었으리.

신비로운 저 풍경을 말로 어이 표현하리.

맑고 밝은 창가에서 말없이 바라보니

그림 속 세계로 마음 절로 끌리네.

또 한 벽에는 봄, 여름, 가을, 겨울 사계절의 풍경화가 걸려 있고 거기에도 이름 모를 시인의 시가 쓰여 있었다. 첫째 폭 봄 풍경화에는 이런 시가 적혀 있다.

따스한 휘장 안엔 향불 피어오르고

보슬보슬 창밖에는 봄비 내리네.

초가집도 꿈을 꾸는 희미한 이른 새벽

저기 저 꽃동산에 새소리 들려오네.

둘째 폭은 여름 풍경화였다.

오월이라 장마 들어 빗방울 슬슬 날릴 때면

꾀꼬리 노래하고 제비 쌍쌍 날아드네.

또 한 해 좋은 풍경 속절없이 늙어 가네.

오동꽃은 떨어지고 죽순이 돋아나네.

셋째 폭은 가을 풍경화였다.

가을바람 일어나니 이슬이 맺히네.

달 밝은 가을 물 맑은 가을이구나.

끼럭끼럭 소리 내며 기러기 날아가고

우물가엔 우수수 오동잎 지네.

넷째 폭은 겨울 풍경화였다.

한밤중 찬 서리에 나뭇잎 떨리는데

바람에 눈이 날려 창문을 치네.

하염없는 이 한밤 가신 님 그리워

꿈길만 북녘땅 싸움터로 달리네.

다락방 한쪽에는 조그마한 방이 있는데 휘장이며 요, 이불, 베개가 깨끗이 정돈되어 있었다. 그리고 휘장 앞에는 사향노루 향료를 피워 놓고 초에다 불을 켜 놓았는데 온 방 안이 휘황찬란하여 대낮같이 밝았다.

이생은 이 방에서 최랑과 더불어 정다운 말을 주고받으며 며칠 동안 묵었다. 하루는 이생이 최랑에게 말했다.

"옛 성인의 말에, '부모를 모신 자는 외출할 때는 반드시 가는 곳을 알리라.' 했습니다. 그런데 지금 나는 부모님 계신 곳을 보살펴 드리지 못한 지가 벌써 사흘이나 되었소. 부모님께서는 아마 문밖에 나와 내가 돌아오기만 기다릴 것이니 자식 된 도리가 아니군요."

최랑은 섭섭하기 짝이 없어 간신히 턱만 끄덕일 뿐이었다. 최랑은 마지 못해 담을 넘겨 이생을 보내 주었다. 이런 일이 있은 뒤 이생은 밤마다 최랑의 집 담을 넘지 않는 날이 없었다.

하루는 이생의 아버지가 아들을 불러 놓고 꾸짖었다.

"네가 아침에 국학에 갔다가 저녁에 돌아오는 것은 성현들의 어질고 정의로운 교훈을 배우고자 함이다. 그런데 요즘에는 어스름에 나갔다가 새벽에 돌아오니 무슨 짓을 저지르고 다니는 게냐? 분명 방탕한 버릇을 배워 남의 집 담을 넘나들면서 꽃가지를 꺾는 게로구나.

이 일이 만일 드러나면 남들은 내가 자식을 엄하게 가르치지 못한 탓이라고 나무랄 게다. 더욱이 여자 집안이 이름난 양반 가문이라면 너의 주책없는 행동으로 그 집안의 명예를 더럽히고 씻지 못할 누를 끼치게 될 게다.

이 일은 작은 일이 아니다. 너는 바로 집을 떠나 영남으로 내려가서 일꾼들을 데리고 농사나 지어라. 다시는 집으로 돌아오지 못할 줄 알아라."

이리하여 이생은 이튿날에 울주(지금의 울산)로 쫓겨 내려갔다.

최랑은 밤마다 꽃동산에서 이생을 기다렸으나 날이 가고 달이 가도 이생은 나타나지 않았다. 최랑은 별생각을 다 하다가 이생이 혹시 병이 들어 앓아눕지나 않았나 하고 향아를 이생의 이웃집에 보내 몰래 소식을 물어보게 하였다.

그런데 뜻밖에도 이웃집 사람들이 전하길, 이생이 부모에게 죄를 지어 영남 지방으로 떠난 지가 벌써 몇 달이나 되었다는 것이다. 최랑은 이 소식을 듣자 그만 그 자리에서 쓰러지고 말았다.

이것이 병이 되어 자리에 몸져눕더니 병이 점점 깊어져 다시는 일어나지 못했다. 나중에는 물 한 모금, 장 한 방울도 넘기지 못하고 헛소리를 할 뿐이었다. 마침내 얼굴은 뼈와 가죽밖에 남지 않는 지경에 이르렀다.

최랑의 부모는 너무나 안타까워 병의 상태를 두루 물어보았으나 부질없이 속만 태울 뿐 최랑은 시원스럽게 말을 하지 않았다. 최랑의 부모는 딸이 쓰던 상자를 뒤지다가 뜻밖에도 전날 최랑과 이생이 서로 주고받은 글을 발견했다. 최랑의 부모는 그제야 무릎을 치며 놀라면서, "하마터면

하나뿐인 우리 딸을 속절없이 잃을 뻔하였다."고 외쳤다. 최랑의 부모는 곧 딸에게 물었다.

"이생이 누구냐?"

일이 이쯤 되자 최랑도 더 이상 숨기려고 하지 않았다. 자세한 사연을 부모 앞에서 울음 섞어 고백하였다.

"아버님, 어머님! 저를 길러 주신 은혜 바다보다도 깊습니다. 어찌 끝까지 감출 것이 있겠습니까? 철없는 제 소견이지만 남녀 간의 연분이란 지극히 신중한 일이라고 생각합니다. 그래서 옛글에도 좋은 시절을 놓치지 말라며 매실이 다 져가는 시절에 잔칫날을 맞이하는 경사를 노래했습니다. 또한 다른 글에서는 지레 섣불리 서둘다가는 도리어 불길한 결과를 가져온다고 훈계도 했나 봅니다.

어리석은 소녀가 옛사람의 교훈을 생각지 않고 밤이슬에 옷을 적셔 남의 비웃음을 받게 되었습니다. 또한 풀 수 없는 정에 얽혀 음탕한 행실을 저지르게 되었습니다. 소녀 지은 죄는 말할 것도 없고, 귀중한 우리 가문에 누를 끼쳤습니다.

게다가 야속한 그이가 한번 떠난 뒤로 소녀는 끝없이 워망만 하였습니다. 소녀의 여린 몸에 온갖 시름을 말 못 하고 견디노라니 마음속 근심과 병이 날로 깊어져 죽을 지경에 이르렀습니다. 이래서 원통한 귀신이 되면……

아버님, 어머님! 만일 제 소원을 들어주시면 남은 목숨 건질 것이오나 소녀의 심정을 몰라주시면 죽음만 있을 뿐입니다. 한 번 죽어 황천에서 이생을 만나 놀지언정 맹세코 다른 가문에는 시집가지 않겠습니다."

이 말을 들은 최랑의 부모는 자기 딸의 소원이 무엇인지 똑똑히 알게 되었다. 더는 병에 대해 물어볼 필요도 없는지라 꽤나 놀라면서도 간곡하게 달래어 딸의 마음을 풀어 주려고 애썼다. 최랑의 부모는 이생의 집에 매파를 보내 청혼하였다. 그런데 이생 집에서는 최랑의 가문 형편을 따지면서,

"우리 집 도령이 철이 아직 들지 않아 바람을 피우고 다니긴 하였으나 학문에 정통하고 풍채도 남들만큼은 생겼습니다. 뒷날 과거에 급제하면 귀한 사람이 될 날이 반드시 있으리라 믿습니다. 그래서 너무 빨리 정혼하는 것은 바라지 않습니다."

하고, 청혼을 거절하였다. 매파는 할 수 없이 그대로 최랑의 집에 전했다. 그러나 최랑의 집에서는 매파를 다시 한번 보내 거듭 청혼했다.

"그 댁의 아들은 재주가 뛰어나 누구나 칭찬이 자자합니다. 비록 지금은 과거에 오르지 못했으나 어찌 앞날에도 연못 속의 고기처럼 갇혀만 있을 거라 여기겠습니까. 모쪼록 좋은 날을 받아 두 사람의 연분을 이루어 주는 것이 마땅해 보입니다."

매파는 다시 이 말을 이생 집에 가서 전했다. 이생의 아버지는 그제서야 자기 실정을 털어놓았다.

"나 또한 젊은 시절부터 손에 책을 놓지 않고 글공부만 하였으나 이렇게 늙은 몸이 되도록 이룬 게 아무것도 없소. 게다가 종들은 뿔뿔이 흩어져 가 버리고 친척들의 도움도 받을 길이 없어 생활이 말이 아니고

집안 살림살이 또한 보잘것없소.

지금 들으니 최랑 댁은 대단히 부귀한 가문이라 어찌 나 같은 일개 가난한 선비가 서로 사돈을 맺자고 엄두나 내겠소. 이는 틀림없이 남의 말 좋아하는 어떤 사람이 우리 집 형편을 지나치게 칭찬하여 그 댁을 속인 것이 아닐까 싶소."

매파는 또 이대로 최랑의 부모에게 고하였다. 최랑의 부모는,

"혼인 예물과 혼수 비용은 모두 우리가 마련하겠으니 좋은 날을 받아 혼사를 치루는 것이 좋겠습니다."

하고, 매파를 다시 돌려보냈다. 일이 이쯤 되자 이생 집에서도 마음을 돌려 즉시 사람을 보내 아들을 불러 뜻을 물어보기로 했다.

이생은 이 소식을 듣고 누를 수 없는 기쁜 마음으로 시 한 수를 지었다.

깨어진 거울이 다시 합칠 날이 왔네.
은하수 까막까치 칠월칠석 만났구나.
그립고 그립던 님 이제야 만나리니
불어오는 봄바람에 접동새야 서러워 말아라.

최랑도 이 소식을 듣고 병이 낫는 듯했다. 그이 또한 시를 지었다.

애끊은 인연이 좋은 연분 되었구나.
마음 굳게 다진 맹세 끝내 이루어졌네.

언제인가 님과 함께 화촉동방* 밝힐 날이.

애야 날 일으켜라 거울 어디 두었느냐.

드디어 혼삿날이 되어 혼례를 치르게 되니 끊어졌던 거문고 줄이 다시 이어졌다. 최랑과 이생은 혼인 잔치를 치른 뒤로 원앙새같이 화목하여 극진히 사랑하면서도 서로 존경하기를 손님 대하듯 했다.

이생은 이듬해에 과거를 보아 높은 벼슬에 올랐고 이름과 덕망이 나라에 알려졌다.

바로 이때, 신축년(1361, 공민왕 10년)에 홍건적이 우리나라에 처들어왔다. 적들이 우리 도읍까지 점령하자 왕은 복주(지금의 안동)로 피난했다. 적은 곳곳에서 민가를 불태우고 사람을 해치며 가축과 재산을 닥치는 대로 약탈했다. 부부와 친척들이 모두 집안을 지키지 못하고 이리저리 도망쳐 숨으면서 자기 목숨 하나도 돌보기 어려운 형편이었다.

이생도 가족을 인솔하여 어느 외딴 산골까지 피난처를 찾아 떠났다. 그런데 가는 도중 적을 만나고 말았다. 적은 칼을 뽑아 들고 이생에게 달려들었다. 이생은 엉겁결에 냅다 뛰어 적의 손아귀에서 벗어났다. 그러나 그의 아내 최랑은 적에게 사로잡히고 말았다. 적이 최랑에게 덤벼들자 최랑은 분에 넘쳐 큰소리로 꾸짖었다.

"범 같은 마귀들아, 죽일 테면 죽여라. 내 차라리 죽어 이리 승냥이의

---

* 화촉동방은 혼인한 첫날밤에 신랑 신부가 자는 방.

뱃속에서 한 맺힌 넋이 될지언정 어찌 개돼지만도 못한 너희 놈들의 짝이 되겠느냐?"

그러자 적은 분에 못 이겨 최랑을 칼로 내리찍었다.

이생은 거친 벌판으로 숨어 다니며 근근이 목숨을 부지했다. 그러다 적들이 물러간 뒤에야 드디어 부모님이 계시던 옛집을 찾아갔다. 집은 벌써 전쟁의 불길 속에 타 버리고 빈터만 남아 있었다.

이생은 다시 최랑의 친정을 찾아갔다. 여기도 주인 없는 빈집만 쓸쓸히 서 있는데 구석마다 쥐 떼들이 싸다니고 새 울음만 들릴 뿐이었다.

이생은 서글픈 감회를 참을 수 없었다. 지난날 최랑과 놀던 뒷마당 별당으로 찾아가니 눈물만 쏟아지고 한숨만 나올 뿐이었다.

어느덧 날이 저물었다. 우두커니 혼자 앉아 지난 일을 생각하노라니 모든 것이 한바탕 꿈인 것만 같았다.

밤은 점점 깊어 한밤중이 되었다. 동산에 솟은 달이 희미하게 집 마루를 비추는데 문득 정적을 깨뜨리고 복도 저편에서 발자국 소리가 점점 가까워졌다. 조마조마하던 차에 눈앞에 다가서는 이는 틀림없는 최랑이었다. 이생은 최랑이 이미 죽은 줄 알고 있었지만 너무도 그리워하던 마음에 다시 의심하지 않았다.

"아, 어디로 피난하여 목숨을 보전하였소?"

이생이 미처 다 묻기도 전에 최랑은 와락 달려들어 이생의 손을 잡고 한바탕 통곡하더니 자기 설움을 낱낱이 하소연하였다.

"저는 본디 양갓집 딸로 태어나 어릴 적부터 집안의 교훈을 받들어 바느질과 수놓기를 재간껏 배웠으며 옛글들을 읽고 어질고 곧은 절개를 배웠습니다. 다만 아낙네의 예절만 닦았을 뿐이라, 어찌 세상 밖의 일을 알기나 하겠습니까?

그러나 어쩌다가 살구꽃 무르익은 담장 밖을 내다보게 되어 옥 같은 이내 청춘을 님에게 맡겼습니다. 꽃그늘에서 한번 웃고 일생 연분을 맺었으며 별당 안에서 다시금 백 년 정분을 나눴습니다. 앞으로 님에게 기대어 백년해로하려고 했더니 청춘에 허리 잘려 시궁창 구렁텅이에 떨어지게 될 줄 어찌 알았겠습니까?

살점이 찢겨 땅바닥에 흩어졌으나 끝끝내 원수에게 귀중한 이 한 몸을 더럽히지는 않았습니다. 마땅히 지켜야 할 본분이나 차마 어찌 다 말하겠습니까?

서럽게도 깊고 깊은 산골에서 님과 한번 이별하자 마침내 짝 잃은 외기러기가 되었습니다. 집도 절도 다 타 버리고 부모님 곁을 떠났으니 외로운 이내 넋이 의지할 곳 하나 없지만, 절개를 지키고자 한 목숨 바쳤으니 치욕은 면했습니다.

마디마디 녹는 마음 누가 있어 위로해 주겠습니까. 굽이굽이 썩은 간과 창자 속절없이 애달프기만 합니다. 해골은 들판에 있고 창자는 땅에 널려, 지난날의 즐거움을 생각할수록 오늘 이 원한이 더욱 깊어 가는 듯합니다.

그러나 지금은 따뜻한 봄바람에 죽은 풀이 살아나듯 떠났던 저의 혼이 이 세상에 다시 돌아왔고, 우리의 백년언약도 굳게굳게 얽혀 있습니다. 삼생의 연분이 향기로워 다시 만났으니 시난닐 맺은 맹세를 저버리지 않으신다면 길이 함께 살고 싶습니다. 도련님, 저를 허락해 주지 않으시렵니까?"

이생은 감격해 한참 동안 어쩔 줄을 모르다가 평생소원이 다시 이루어진 것을 기뻐해 마지않았다. 서로 간절한 심정을 끝없이 이야기하다, 적에게 약탈당한 집 재산 이야기에 이르자 최랑은 문득 말했다.

"조금도 잃은 것이 없습니다. 다만 아무 산 아무 골짜기에 묻혀 있을 뿐입니다."

"그러면 양쪽 집안 부모님의 유골은 어디쯤에 있소?"

"아무 곳에 그대로 널려 있습니다."

이런 이야기를 비롯하여 온갖 정담을 다 나누고 그날 밤은 그곳에서 같이 쉬었다. 모든 일이 옛날이나 다름없이 즐거웠다.

이튿날 최랑과 이생은 재산이 묻혀 있는 곳에서 금과 은 몇 덩어리와 재물을 조금 찾아냈다. 또 양쪽 집안 부모의 시신도 찾아냈다.

그들은 금과 재물을 팔아 오관산 기슭에 부모의 시신을 매장하여 무덤을 짓고 묘비를 세우고 재를 지내며 자식의 도리를 다하였다.

그 뒤 이생은 벼슬에 나가지 않고 최랑과 더불어 가정의 즐거움을 누렸다. 여기저기로 피난해 흩어졌던 하인들도 돌아와 살림을 도왔다. 이생은 갈수록 세상일에는 관심이 멀어졌다. 심지어 친척과 벗에게 축하하고 조문해야 할 일이 있어도 가는 일이 없었다. 이생은 오직 집 안에 들어앉아 최랑과 더불어 글이나 지으며 화답하는 것을 즐겁게 여겼다. 그들의 정분이 이렇듯 두터운 가운데 어느덧 몇 해가 흘렀다.

어느 날 저녁 최랑은 문득 이생에게 이런 말을 했다.

"우리가 세 번이나 좋은 시절을 얻게 되었으나 세상일이란 원래 복잡한 사정이 많은 법이라, 즐거운 이 생활이 싫은 건 아니지만 어느덧 이별 해야 할 때가 닥쳐왔나 봅니다."

최랑은 말을 마치기도 전에 그만 목이 메어 울었다. 이생은 깜짝 놀라 지 않을 수 없었다.

"이 무슨 뜻밖의 말씀이오."

"운명은 피할 길이 없나 봅니다. 지난날 저와 낭군 사이에는 연분이 끊 어지지 않았고 또 아무런 죄도 없었습니다. 그래서 잠시 환생하여 낭군 과 함께 안타까운 정을 풀었습니다. 하지만 저는 너무 오래 이 세상에 머물렀습니다. 더 이상 이 세상 사람을 속일 수는 없는 일입니다."

최랑은 이렇게 말하면서 시녀를 시켜 술을 차려 오게 하고 노래를 불러 이생을 위로했다.

칼이 번쩍 창이 번쩍 이 나라 싸움터에

구슬처럼 깨어졌네 꽃잎처럼 떨어졌네.

짝을 잃은 원앙새여

흩어진 이 해골을 그 누가 묻어 주랴.

피 묻어 놀란 넋을 말하자니 끝이 없어.

무산의 선녀처럼 님 곁에 내 왔더니

만나자 또 이별하니 마음이 서럽구나.

이제 한번 갈라지면 가는 길 더욱 멀어

저승과 이승 간엔 소식조차 없으리.

노래는 마디마디 울음이 절반 섞여 가락을 이루지 못했다. 이생도 슬프고 애달파 견딜 수가 없었다.

"차라리 그대와 함께 저승으로 갈지언정 내 어이 외롭게 혼자 남아 있겠는가? 지난날 전란을 겪은 뒤에 친척과 종들이 뿔뿔이 흩어지고 부모님 유골이 벌판에 흩어져 있을 때, 그대가 아니었다면 누가 유골을 거두어 묻었겠는가?

옛사람이 이르기를, '살았을 적엔 예를 갖추어 섬기고 죽었을 때도 예를 갖추어 장례한다.' 했으니 이 예절을 지킨 이는 바로 그대가 아니오. 이것은 모두 당신의 효성이 지극하고 애정이 남달랐기 때문이라오. 내 못내 감격하는 바이나 내 자신은 도리어 부끄러울 뿐이오. 그대도 이 세상에 남아 백 년을 누린 뒤에 함께 땅에 묻힙시다."

"낭군의 수명은 아직도 남은 세월이 있으나 저는 이미 귀신 장부에 있는 몸이니 오래 머물 수 없습니다. 만일 이 세상을 그리워하여 떠나지 않아 정해진 운명을 어기는 날엔, 제 한 몸이 죄를 받을 뿐 아니라 그 누가 낭군에게도 미칠 것입니다.

제 해골은 아무 곳에 흩어져 있으니 행여 염려하는 마음이 있으면 그

것이나 거두어 비바람을 가리게 해 주십시오."

최랑은 말을 채 맺지 못한 채 그냥 이생을 바라보면서 울기만 하다가 말했다.

"낭군께서는 편안히 계십시오."

마지막 인사를 하더니 최랑의 몸이 점점 사라져 마침내 자취조차 찾을 수 없었다. 이생은 최랑의 해골을 거두어 부모님 무덤 곁에 묻어 주었다. 최랑의 장례를 치른 뒤 이생 또한 최랑에 대한 추억이 병이 되어 두어 달 만에 죽고 말았다.

이 소문을 들은 사람들은 어느 누구 할 것 없이 그들의 일을 감탄했고, 그 절의(절개와 의리)를 사모하지 않은 이가 없었다.

부벽정의 달맞이

醉遊浮碧亭記

평양은 고조선의 수도였다. 평양의 명승지(경치가 좋다고 이름난 곳)로는 금수산, 봉황대, 능라도, 기린굴, 조천석, 추남허 등의 고적지가 있는데 영명사, 부벽정도 그 가운데 하나다.

영명사는 고구려 동명왕의 구제궁 터였다. 평양성 동북쪽 20리쯤 되는 곳에 있는데 아래로 큰 강을 굽어보고 멀리 넓은 평야를 바라본다. 눈을 가리는 것이 없을 만큼 끝없이 펼쳐진 풍경이 참으로 명승이라 할 만하다. 그림 같은 장삿배들이 저녁이면 대동문 밖 수양버들이 휘늘어진 강기슭에 머물렀다. 또한 상인들은 밤이 되면 으레 이 물을 거슬러 올라가 부벽정 일대의 경치를 구경하면서 맘껏 즐기다가 돌아가곤 하였다.

부벽정 남쪽에는 돌을 깎아 쌓은 층층대가 드리워져 있다. 그 왼쪽을 청운제, 오른쪽을 백운제라 하는데 돌에다 글자를 새겨 푯말을 세워 놓고 지나가는 사람들의 관심을 끌었다.

옛 개성 송도에 홍생이라는 부자가 있었다. 홍생은 나이도 젊고 얼굴이 잘났으며 멋스러운 성격에 글짓기도 잘하였다. 때마침 팔월 한가위라 동료들과 함께 옷감을 가득 싣고 평양에서 비단실과 교역하기 위해 오던 차

54

에 대동강 기슭에다 배를 대었다. 평양 성안에 있던 명창들은 모두 성문에 나와 홍생을 맞이하였으며, 또 성안에 살던 옛 친구 이생도 나와서 잔치를 열어 먼 길에 배를 타고 온 홍생의 피로를 풀어 주었다.

홍생은 술이 얼근히 취하자 배로 돌아왔으나 선선한 밤인지라 좀처럼 잠을 이룰 수 없었다. 취흥을 억누를 수 없었던 그는 조그마한 쪽배 한 척을 끌어내어 달빛을 가득 싣고 노를 저어 올라갔다. 이러다가 취흥이 다 풀어지면 돌아오려는 것이었다.

가던 배가 이른 곳은 바로 부벽정 아래였다. 갈대 기슭에 뱃줄을 매고 층층대를 올라 부벽정 난간에 몸을 기대 끝없이 펼쳐진 풍경을 바라보았다. 시를 읊조리기도 하고 휘파람을 불기도 하였다.

바야흐로 달빛이 낮같이 밝았으며 물결은 비단결처럼 곱게 흘렀다. 물가 모래사장에는 기러기가 날아 울며 이슬 맺힌 소나무 가지에선 두루미도 놀라 울었다. 이야말로 선남선녀가 산다는 천상 세계에 올라온 것이나 다름없었다.

한편으로 옛 서울의 모습을 바라보니 허물어진 궁터에는 연기가 자욱하고 쓸쓸한 성벽 밑에는 물결만 출렁거려 저절로 오랜 역사의 자취를 더듬게 하였다. 옛날과 지금에 이르는 역사의 흥망성쇠에 대해 한탄하지 않을 수 없었다. 홍생은 느낀 바 있어 시를 지었다.

백사장에 달이 밝아 기러기 날아들며
풀숲엔 저녁 안개 걷히고 반딧불 춤을 춘다.

풍경도 쓸쓸한데 사람은 간곳없고
영명사 한밤중에 종소리만 들려오네.

옛 임금 궁전 터엔 가랑잎만 우수수
돌층계 굽은 길엔 구름이 머무는데
춤추던 정자에는 잡풀만 우거지고
담 너머 지는 달에 까마귀 소리 스산하네.

풍류스런 지난 일이 티끌이 되었구나.
적막한 빈 성터엔 가시덤불뿐이로다.
다만 강물만이 예처럼 흘러가네.
바다로 바다로 예처럼 흘러가네.

영웅호걸들아 너 어디에 있느냐
그윽한 저 수풀은 몇 해나 되었는가.
천년 전 저 달만이 덩그러니 떠올라
금빛 은빛 춤을 추며 이내 마음 비춰 주네.

노을 비낀 한길에는 인적이 끊겼는데
절간의 종소리 솔바람에 울려오네.
여기 와 시를 지으나 뉘와 함께 즐길쏜가.

달 밝고 바람 맑아 흥취를 못 이기네.

홍생은 시를 다 짓고는 손뼉을 치고 일어나 너울너울 춤을 추면서 시를 읊기 시작했다. 한 구절씩 읊을 적마다 애수 어린 휘파람을 섞어 가며 감상에 휩싸인 마음을 풀어놓았다. 비록 뱃전을 두드리며 피리를 불어 주는 즐거움은 없었지만, 격렬하게 움직이는 소리의 높낮이는 깊은 물속에 잠긴 용을 춤추게 하고 외로이 배를 저어 가는 여인을 울릴 만했다.

홍생이 마음껏 시를 읊고 막 돌아가려고 할 무렵이었다. 밤은 벌써 자정이 넘어가는데 문득 발자국 소리가 들리더니, 서쪽 언덕에서 어떤 사람들이 이쪽을 향해 걸어오고 있었다. 홍생은 절에서 스님이 시 읊는 소리를 듣고 이상하게 여겨 오는 것이리라 생각하고 그대로 앉아서 기다렸다.

그러나 점점 가까워 오는 것을 보니 뜻밖에도 한 미인이었다. 두 시녀 가운데 한쪽은 옥 자루가 달린 먼지떨이를 들었고 또 한쪽은 얇은 비단으로 만든 부채를 들었다. 몸의 움직임이나 태도가 엄숙할 뿐만 아니라 모든 차림새가 예사롭지 않아 대갓집 처녀로 보였다. 홍생은 슬그머니 계단을 내려와서 담장 틈에 몸을 숨기고 그들의 움직임을 살폈다.

미인은 남쪽 난간에 몸을 기대고 달빛을 바라보면서 가냘픈 목소리로 무언가를 읊었다. 그 품성과 자태는 매우 단정해 보였다. 시녀가 비단 방석을 갖다 깔자 몸을 가누고 앉으며 명랑한 목소리로 말하였다.

"이곳에서 시를 읊던 사람이 있더니 지금 어디로 가셨나요? 나는 꽃이나 달의 화신도 아니며 연꽃 같은 여인도 아닙니다. 마침 오늘 밤은 만리 허공에 하늘은 넓고 구름이 걷히며 달 뜨고 은하수 맑아 계수나무 그늘에 천상의 다락이 서늘하기만 합니다. 잔 들어 노래하여 그윽한 심정을 마음껏 풀려 했습니다. 이렇듯 좋은 밤을 어이 넘길 수 있겠어요?"

홍생이 이 말을 듣고 한편으론 두렵기도 하고 한편으론 반갑기도 하여 얼마 동안 어쩔 줄 모르고 머뭇거리다가 기침 소리를 냈다. 그러자 시녀는 이리 기웃 저리 기웃 기침 소리가 나는 곳을 살피더니 홍생 앞에 나타나 청했다.

"우리 아씨께서 당신을 받들어 모셔 오라 하십니다."

홍생은 주춤거리다가 허리를 굽히고 나아가 절하고 꿇어앉았다. 그러나 미인은 의젓한 태도로 조금도 어려워하는 빛이 없이 이리 올라오라고 할 뿐이었다. 시녀가 나지막한 병풍으로 미인 앞을 가렸으므로 상반신만 서로 볼 수 있었다. 미인은 조용히 입을 열었다.

"그대가 여기서 읊은 시는 무슨 뜻인지요? 나를 위해 들려주세요."

홍생이 자기가 지은 시 하나를 외웠더니 미인은 웃으면서,

"그대는 함께 시를 이야기할 만한 분입니다."

하고, 즉시 시녀를 시켜 술상을 차려 놓고 술을 따라 권하는데 그 술안주는 모두 인간 세상의 음식 같지 않았다. 홍생이 시험 삼아 안주를 집어 드니 어떻게나 딱딱한지 씹어 삼킬 수 없었고 술맛 또한 쓰기만 해서 입에 댈 수가 없었다. 미인은 상긋이 웃으며 말했다.

"속세의 선비가 어찌 신선의 음식을 알아보겠습니까?"

다시 시녀를 돌아보며 명하였다.

"너는 빨리 신호사에 가서 절 밥을 좀 얻어 오너라."

시녀는 명령대로 가더니 잠깐 뒤에 음식을 차려 왔는데 그것은 곧 사람이 먹는 밥이었다. 그러나 또 밥을 넘길 만한 반찬이 없었다. 미인은 다시 시녀에게 명했다.

"너는 또 주암*에 가서 찬을 얻어 오너라."

얼마 뒤에 잉어찜이 상에 올랐다. 홍생은 그 음식을 맛있게 먹었다. 홍생이 밥을 먹는 사이 미인은 홍생의 시에 맞추어 화답시를 지었다. 그리고는 이를 좋은 종이에 써서 시녀를 시켜 홍생에게 내주었다. 시의 내용은 이러했다.

부벽정 오늘 밤엔 달도 밝아라

어이 다 말하리 슬픈 이 마음을.

나뭇잎 휘늘어져 양산처럼 펼쳐지고

강물은 넘실넘실 비단결인 양.

세월은 화살같이 덧없이 흘러

놀라워라 세상일이 변해 감이여.

이 밤 이 마음을 그 누가 알아주나.

몇 마디 종소리만 숲속에서 울려온다.

* 주암은 평양 동북쪽에 있으며 주암 아래 연못에 용이 살고 있다는 전설이 있다.

옛 성의 남쪽으로 대동강이 갈라지고

푸른 물 흰 모래에 기러기 울며 간다.

동명왕이 다시 오랴 떠나신 님이

피리 소리 끊어지고 무덤만 남았어라.

밤 어찌 되었느냐 어느덧 깊었구나.

새벽하늘 둥근달이 서산으로 넘어가네.

이로부터 그대와는 영영 갈라지려니

만나선 평생의 낙 여한 없이 누리었소.

강기슭 정자에서 이별을 고하려니

섬돌 앞 나뭇잎에 이슬이 듣네.

이다음 다시 만날 그날은 언제인가

바다가 뭍이 되고 천도*가 무르익을 그때쯤일까.

홍생은 이 시를 읽고 한없이 기뻤다. 그러면서도 미인이 그만 떠나갈까 걱정되어 이야기를 해서라도 붙잡고 싶었다.

"성씨가 어찌 되시는지요? 분에 넘치고 송구하여 감히 여쭙지 못하였습니다."

---

* 천도는 삼천 년에 한 번 열리며, 먹으면 신선이 된다는 복숭아.

미인은 한숨을 지으며 대답했다.

"연약한 이 몸은 고조선의 유랑민이오. 우리 조상이 이 땅에서 나라를 열어, 여덟 가지 법으로 백성들을 가르치니 천여 년 동안이나 문물이 번성하였답니다. 그 뒤 하루아침에 하늘의 운수가 사나워지고 재난이 닥쳐와 제 아버지는 보잘것없는 사나이에게 갑작스런 사고를 당하시고 드디어 나라도 망하였습니다.

위만이라는 자가 이 틈을 타서 왕위를 빼앗으니 고조선의 국운이 이로써 끝나고 말았습니다. 연약한 이 몸은 어쩔 줄 몰라 차라리 죽을지언정 이 한 몸만은 깨끗이 보전하려고 하였지만…….

그러던 차에 문득 어떤 신이 나타나 제 몸을 어루만지며, '나는 원래 이 나라의 시조였다. 나라를 다스리다가 섬나라로 들어가 신선이 된 지가 벌써 수천 년이 되었구나. 너 나를 따라 내가 사는 곳에 들어가서 마음껏 노닐며 즐기지 않겠느냐?' 하기에 저는 좋아라고 따라갔지요.

그이는 제 손목을 이끌고 사는 곳까지 데리고 가서 별당을 지어 살게 하고 신선이 되는 불사약을 주었답니다. 그 약을 먹은 지 며칠 뒤에 문득 몸이 가벼워지고 기분이 상쾌해지더니 훨훨 날아다니는 신선이 되었습니다. 이로부터 동서남북을 가리지 않고 온 누리를 거닐었으며 신선이 사는 동천, 복지, 십주, 삼도를 안 가 본 데가 없었습니다.

하루는 가을 날씨가 활짝 개고 천상 세계가 유리같이 맑은 데다가 달빛이 유달리 밝았습니다. 계수나무 옥토끼를 올려다보다가 훨훨 끝없이 놀아 보고 싶은 마음이 들어 달나라에 올라가 수정궁에 계시던 항아* 아씨를 만나 뵈었습니다. 항아 아씨는 저를 보시더니 마음씨가 깨끗하고 글을 아는 것을 갸륵히 여기셨습니다.

'아랫녘 선경도 비록 신선들이 사는 곳이라고는 하나 모두 어지러운 티끌세상이라, 어찌 난새를 타고 푸른 하늘 위에서 노닐며 계수나무 맑은 향기에 취하는 것에 비할 수 있겠느냐? 또한 끝없이 시원한 달빛을 쏘이면서 백옥경*을 오가다가 은하수 물속에서 멱 감고 노는 재미에 비할 수 있겠느냐?' 하시면서 자기 글방 시녀로 삼아 곁에 머물도록 하였는데, 글방의 즐거움은 이루 다 말할 수 없습니다.

갑자기 오늘 밤에는 고향 생각이 간절한지라 아래로 하루살이 같은 속세를 내려다보았습니다. 내가 자란 옛 도읍을 둘러보니 산천은 옛날 그대로인데 인물은 간곳없고 희맑은 달은 노을 속에 싸였으되 흰 이슬이 속세의 괴로움을 씻은 듯했습니다.

달나라를 하직하고 이곳으로 내려와 조상님 산소에 인사를 드렸습니다. 그리고는 강가 정자에 올라와 쌓이고 쌓인 심정을 풀어 보려고 하던 차에 때마침 글 잘하는 선비를 만나게 되었으니 반갑고도 부끄럽습니다.

또한 선비가 지은 귀중한 시편에 화답하느라고 잘하지 못하는 글까지 짓게 되었지요. 잘해서 쓴 것이 아니라 다만 제 심정을 읊었을 뿐입니다."

* 항아는 달 속에 있다는 전설 속의 선녀.
* 백옥경(白玉京)은 옥황상제가 산다고 하는 하늘나라의 서울.

홍생은 이 말을 듣고 다시금 머리를 조아렸다.

"속세의 어리석은 백성으로 초목과 함께 썩을 줄로만 여겼습니다. 그런데 어찌 이렇게 거룩하신 왕손이시며 천상 세계의 선녀를 한자리에 모시고 시편에 화답하게 될 줄 생각이나 했겠습니까?"

홍생은 그 자리에서 미인의 시를 한 번 보고 대강 기억해 두었다. 또 자리에 엎드리면서 말하였다.

"어리석은 백성이 속세 버릇에 너무나 물젖어 선녀께서 주신 음식을 들지는 못하였으나 다행히 글줄이나 배운 덕에 선녀께서 쓰신 시를 조금은 이해하니 참으로 다행으로 여깁니다.

　네 가지 모양새*를 다 갖추기는 어려우나 청컨대 다시 '가을밤 강가 정자에서의 달맞이[江亭秋夜翫月]'라는 제목으로 시를 지어 저를 가르쳐 주십시오."

미인은 고개를 끄덕이고 붓에다 먹을 흠뻑 찍더니 단숨에 휘둘러 내리 갈기는데, 글씨의 기운은 구름이 떠오르고 연기가 자우룩한 듯하였다.

부벽정 달 밝은 밤에

흰 이슬 부슬부슬

맑은 빛은 은하수에 잠기고

상서로운 기운은 수풀에 서리어

* 네 가지 모양새란 좋은 시절, 아름다운 경치, 흥거운 심정, 즐거운 일을 말한다.

삼천리 화려한 강산에도

열두 겹 아름다운 난간에도

한 점 구름인들 있으랴

가벼운 바람만이 스쳐 가네.

난간은 숲속에 솟았고

섬돌은 물 위에 떴구나.

강산에 길 잃은 나그네

고향에서 벗님을 만났어라.

시 지어 서로 읊조리고

잔 들어 서로 권하며

한 편 또 한 편 지어 내고

한 잔 또 한 잔 기울이네.

선경엔 세상도 넓더니

속세엔 세월만 빠르구나.

궁터엔 잡풀이 묵어 있고

조정은 쑥대밭이 되었구나.

옛일을 그리니 눈물이 지고

오늘이 서글퍼 시름이 일어나네.

단군이여 남산에 깃들었는가.

옛 조선 도읍은 실개천뿐이네.

선비가 붓을 던지니

선녀는 공후*를 멈추노라.

노랫소리 끝나고

나그네 떠나려니

고요한 바람에

노 젓는 소리 부드러워라.

미인은 쓰기를 마치자 붓을 놓더니 문득 하늘 높이 솟아서 어딘지 모르게 날아가 버렸다. 미인은 떠날 적에 시녀를 시켜 말을 전했다.

"옥황상제의 명령이 무거우니 난새 타고 떠나렵니다. 맑고 아름다운 이야기 다 못하여 섭섭한 마음입니다."

이윽고 갑자기 회오리바람이 일어나 홍생 곁을 스쳐 가더니 미인이 남긴 시 두루마리마저 어딘지 모르게 날아가 버렸다. 아마도 신비한 그의 필적을 인간 세상에 남기려고 하지 않음이리라.

홍생은 하릴없이 우두커니 서서 생각하니 까마득하여 꿈인 듯 생시인

* 공후는 하프와 비슷한 동양의 옛 현악기.

듯, 참도 같고 거짓도 같았다. 난간에 기대어 차근차근 생각을 더듬으니 미인이 남긴 말이 낱낱이 떠올랐다. 홍생은 뜻밖에 선녀를 만났다가 간곡한 정을 다 풀지 못한 것이 한없이 안타까워 선녀를 추억하면서 시 한 수를 읊었다.

간밤에 맺은 인연 꿈결 같구나.

언제 다시 옥피리 불며 오시려나.

보아라 무심한 저 강물도

목메어 흐느끼며 흘러가네.

읊고 나서 사방을 둘러보니 절에선 새벽종이 울려오고 저 멀리 마을에 선 첫닭 소리가 들려온다. 달은 기울어 서쪽 산에 걸렸고 샛별만이 하늘에서 유난히 반짝인다. 다만 산쥐들이 뜰아래서 찍찍거리고 마루 밑에서 우는 풀벌레 소리만 들릴 뿐이다. 마음이 울적하고 무섬증이 죄어들어 그자리에 더는 머물 수가 없었다.

홍생은 강가로 내려와 배를 탔으나 울적한 마음이 사라지지 않은 채 나루터로 돌아왔다. 동료들이 서로 다투어 물었다.

"간밤에 어디에서 자고 왔는가?"

홍생은 슬그머니 꾸며 대고 말았다.

"지난밤에 달이 유난히 밝기에 낚싯대를 메고 장경문 밖 조천석 기슭까지 가서 고기를 낚으러 하였네. 때마침 밤기운이 서늘해서, 온밤 내내

붕어 새끼 한 마리도 낚지 못하고 말았네. 이 얼마나 안타까운 일인가."

동무들은 더는 의심하지 않았다.

그 뒤 홍생은 미인을 그리워한 나머지 마음속에 병이 들어 몸이 점점 야위고 말라 갔다. 홍생이 집으로 돌아갔을 때는 벌써 맑은 정신이 없어 지고 헛소리만 하면서 자리에 누워 일어나지 못하였다. 날이 갈수록 병은 더욱 더쳐 갔다. 하루는 홍생의 꿈에 곱게 단장한 아리따운 여인이 나타 났다.

"주인아씨께서 옥황상제님께 지난날 이야기를 여쭈었더니 상제님께서 당신의 재주를 기특히 여기시고 당신을 견우 도련님 밑에서 일하도록 하셨습니다. 상제께서 내리신 분부이니 어찌 거역하겠습니까?"

여인은 이 말을 남기고 갔다. 홍생은 놀라 깨어나 목욕재계하고 새 옷 으로 갈아입었다. 집안사람들에게 말해 뜨락을 깨끗이 쓸고 자리를 깔며 향불을 피우게 한 뒤, 팔꿈치를 베고 잠깐 누웠다가 자는 듯 운명하니 때 는 구월 보름날이었다.

홍생은 죽은 지 며칠이 지나도 얼굴빛이 조금도 변하지 않았다. 사람들 은 홍생이 선녀와 인연을 맺어 신선이 된 것이라고 말하였다.

꿈에 본 남염부주*

南炎浮洲志

옛날 조선 경주 땅에 박생이라는 학자가 살았다. 박생은 유학에 뜻을 두고 자신을 채찍질하며 태학관*에서 글공부를 했지만 한 번도 과거에 합격한 적은 없었다. 그래서 항상 마음속에 불평을 품고 있었으며, 거리낌이 없는 성격이어서 어떤 권력 앞에서도 좀처럼 머리를 숙이지 않았다. 이런 모습 때문에 가끔은 박생을 건방지고 속 좁은 사람이라고 여기는 이들도 있었다. 하지만 박생의 솔직하고 너그러운 성품을 아는 그 지방 사람들은 모두 그를 칭찬하곤 했다.

박생은 일찍부터 부처나 무당, 귀신과 같은 미신에 대해 의문을 품고 있었지만 그에 대한 명확한 결론을 얻지는 못했다. 그러다가 유교의 사상과 교리를 적은《중용》과《주역》을 공부한 뒤에야 그런 말이 모두 거짓이라고 확신하게 되었다.

그러나 박생은 품성이 너그러워, 한유나 유종원*이 그랬던 것처럼 승려

---

* 남염부주는 가상의 섬나라 이름으로 수미산 남쪽에 있는 사대부주(四大浮洲) 가운데 하나.
* 태학관(太學館)은 조선 시대 유교의 교육을 맡았던 성균관을 달리 부르는 말.
* 한유와 유종원은 중국 당나라 때 문인으로 불교를 반대하였으나 승려와 가까이 지냈다.

들과 인간적으로 사귀기도 했다. 승려들도 박생이 원래 문학을 좋아하는 까닭에 그를 문학하는 선비로서 대했다. 이들 사이에는 일정하게 통하는 점이 있어서, 마침내 조금도 꺼릴 것 없는 아주 가까운 친구가 되었다.

하루는 박생이 승려에게 천당과 지옥에 대한 이야기를 들었다. 그런데 아무리 들어 봐도 풀리지 않는 의문이 생겼다. 세계란 원래 음양이라는 대립되는 두 세력의 운동 법칙이 움직일 뿐인데, 어떻게 이 세계 밖에 또 다른 세계가 있단 말인가. 이는 분명 요사스러운 거짓말이라고 생각했다.

박생은 승려에게 좀 따져 되물어 보았더니 그도 명확한 답변을 하지 못했다. 다만 이승에서 쌓은 죄와 복으로 저승에서 그에 대응하는 보답을 받게 된다는 정도로 대답할 뿐이었다. 박생은 아무래도 그 말에 수긍할 수 없었다.

그래서 글을 한 편 써서 스스로 자기 생각을 다졌는데, 이는 그 어떤 다른 생각에도 동요되지 않기 위해서였다. 박생이 쓴 글의 요지는 대략 다음과 같았다.

"내가 일찍이 전해 듣기로는 세계의 '이치'는 하나일 뿐이다. 하나란 무엇인가? 둘이 없다는 말이다. '이치'란 무엇인가? '천성'일 뿐이다. '천성'이란 무엇인가? 하늘로부터 주어진 것이다. 하늘이 음양오행*으로 만물을 마련할 때 '기氣'로 형태를 만들고 '이理'도 동시에 주었다.

* 음양오행(陰陽五行)은 우주나 인간 세상에서 벌어지는 모든 현상, 만물의 생성과 소멸을 음양과 오행의 사라짐과 자라남, 바뀜으로 설명하려는 이론.

'이치'라는 것은 날마다 쓰는 사물에 있어서 모든 것이 일정한 조리가 있다는 것을 뜻한다. 부모와 자식은 친밀한 정으로 정성을 다해야 하며, 임금과 신하는 충성과 의리로 정성을 다해야 한다. 부부나 벗 사이에도 마땅히 지켜야 할 도리가 있는 법이다. 이것이 바로 '도'다.

다시 말하면 마음에 주어진 '이치'가 우리의 실천을 통해 구체로 나타나는 것이다. 그러므로 '이치'를 따른다면 어디서나 잘못됨이 없으나 '이치'를 거슬러 '천성'에 어긋난다면 재앙이 미친다. '이치'를 연구하고 '천성'대로 실천하는 것은 생활의 법칙을 밝혀내는 것이며, 사물을 연구하여 지식을 이룩하는 것도 이 생활의 법칙을 알아내는 문제다.

사람이 생겨날 때 마음을 지니지 않은 이가 없으며 이러한 '천성'을 타고나지 않은 이가 없다. 그뿐 아니라 세계의 모든 사물도 이러한 '이치'는 다 가지고 있는 것이다.

따라서 사람들이 잡념 없는 마음으로, '천성'을 따라 사물의 '이치'를 연구하고 사건의 근원을 밝혀 극단에 다다르면 세계의 모든 '이치'가 명확히 드러나는 것이다. 또한 명확하게 밝혀진 그 '이지'가 마음속에 분명하게 자리잡게 될 것이다.

이렇게 미루어 나가면 자연과 사회에서 일어나는 모든 현상이 범위 안에 들지 않는 것이 없고 파악되지 않는 것이 없을 것이다. 또한 천지 사물에 비추어 보아도 어긋남이 없고 귀신에게 물어보아도 의심될 것이 없으며, 예전과 지금의 역사에 맞추어 보아도 모순이 없을 것이다.

선비가 할 일이란 여기에 그칠 뿐이다. 세계에 무슨 두 가지 진리가 있단 말인가. 저 이치에 어긋나는 잡다한 이야기들을 나는 믿을 수 없다.”

하루는 박생이 자기 방에서 밤늦도록 등불을 돋우어 가며 《주역》을 읽다가 설핏 잠이 들었다. 박생은 비몽사몽간에 한곳에 이르렀는데 뜻밖에도 넓은 바다 가운데 있는 한 섬나라였다. 풀도 나무도 없고 모래도 흙도 없는 곳으로, 발에 밟히는 것은 모두 구리 아니면 무쇠 덩이였다. 낮에는 이글이글 타는 불꽃이 하늘까지 뻗쳐올라 온 누리가 불도가니처럼 녹아내렸다. 밤이 되면 음산한 찬바람이 서쪽 하늘에서 불어와 사람들의 뼈와 살을 에는 듯한 추위를 도무지 견딜 수가 없어 온몸이 부들부들 떨렸다.

이 섬나라 주위에는 무쇠로 된 낭떠러지가 바다 기슭을 따라 성벽처럼 둘러서 있는데 한쪽에만 어마어마한 철문이 있을 뿐이었다. 그 철문에는 자물쇠가 굳게 잠겨 있고 사나운 이빨을 드러낸 문지기가 창과 쇠몽둥이를 휘두르며 사방을 두루 살피고 있었다.

성벽 안 사람들은 모두 무쇠로 지은 집에서 살았다. 낮이면 활활 타오르는 불덩이 속에서 모진 시달림을 받다가 밤이면 얼음장 속에서 꽁꽁 얼어붙는다. 다만 아침과 저녁에만 사람들이 웅성거리며 서로 지껄이고 히히덕거리는 소리가 들릴 뿐이었다. 그러나 그들에게는 이런 생활이 예삿일처럼 보였다.

박생은 너무도 이상스러운 광경에 놀라 한참 동안 어쩔 줄을 몰랐다. 바로 그때, 문지기가 박생을 노려보더니 앞으로 오라는 손짓을 보냈다. 박생은 겁이 나고 얼떨떨해 명령을 어기지 못하고 허리를 굽실거리며 문

앞으로 다가갔다. 문지기는 창날을 번쩍 추켜세우면서 소리 질렀다.

"그대는 어떤 사람이냐?"

박생은 부들부들 떨면서 간신히 대답했다.

"저는 조선 경주 땅에 사는 박생입니다. 옹졸한 선비가 분수에 지나치게 엄숙한 저승 세계를 침범했으니, 죄는 죽어 마땅하나 너그러이 용서해 주십시오."

박생은 거듭 절하면서 자기의 걸음이 당돌했다고 빌고 또 빌었다. 그랬더니 문지기는 도리어 못마땅하게 여기면서 말하였다.

"선비는 상대를 압도할 만한 힘 앞에서도 굴하지 않는다고 들었는데, 어째 이렇게 굽실거리오? 우리는 오래전부터 학식 있는 선비를 만나 보려고 했소. 우리 왕께서도 그대 같은 사람을 만나면 조선 땅에 한마디 전하려는 말씀이 있으실 듯하오. 조금만 앉아 기다리시오. 내 우리 왕께 그대가 왔다고 말씀드리겠소."

문지기는 말을 마치자마자 안쪽으로 달려갔다. 얼마 뒤에 문지기가 나오너니 박생에게 부탁했다.

"왕께서 그대를 공식적인 손님으로 맞아들여 만나겠다 하시니 정직한 말로 잘 말씀드리시오. 엄숙한 분 앞이라고 너무 떨지 말고. 부디 우리나라 백성들에게도 좋은 말을 많이 들려주도록 하시오."

또 문지기 뒤를 따라 검은 옷을 입은 아이와 흰옷을 입은 아이가 저마다 손에 명부* 책을 들고 나왔다. 아이들이 명부 책을 가져다 박생의 옆에 펼쳐 놓고 보여 주었다. 한쪽은 검은 바탕에 푸른색 글자를 썼고 한쪽은 흰 바탕에 빨간색 글자를 쓴 것이었다. 박생이 무심코 그 책을 들여다보았더니 뜻밖에 빨간색 글자로 쓴 책에 자기 이름이 적혀 있었다.

"현재 조선국에 사는 박 아무개는 이승에서 죄를 지은 적이 없으니 이 나라 백성이 될 수 없다."

박생은 이상한 생각이 들어 물었다.

"이 책을 나에게 보여 주는 까닭이 무엇인가?"

"검은 책은 악한 자의 명부이며 흰 책은 선한 자의 명부입니다. 이름이 흰 책에 적힌 자는 왕께서 선비를 맞이하는 예절로 대우하고, 검은 책에 오른 자는 비록 죄를 주지는 않더라도 노예와 다름없이 다룹니다. 왕께서 선비님을 만나시면 성의를 다해 후하게 대접하실 겁니다."

그 아이는 이렇게 설명하더니 부리나케 명부 책을 거두어서 들어가 버렸다. 얼마 뒤에 화려한 수레가 한 채 나왔는데 수레 위에는 연꽃 모양으로 만든 방석이 놓여 있었다. 여러 가지 고운 색깔의 천으로 지은 옷을 입은 남자아이와 여자아이들이 먼지떨이와 해 가리는 우산을 들고 따랐다. 한편 죄인을 잡아들이는 일을 하는 병사들은 창을 휘둘러 길을 비키라고 연신 외치면서 나온다.

박생이 고개를 들고 바라보니 앞에는 세 겹으로 싸인 무쇠 성벽이 둘려 있고 저쪽 황금산 아래에는 궁궐이 우뚝 솟아 있다. 무시무시한 불기둥이 하늘에 닿을 듯 타오르고, 그 안은 온통 불꽃에 휩싸여 시뻘건 쇳물이 끓

---

* 명부(名簿)는 어떤 일에 관련된 사람의 이름, 주소, 직업 따위를 적어 놓은 장부.

74

어넘쳤다. 거리 위 사람들은 불길 속에 녹아 흐르는 구리 물과 무쇠를 진흙 밟듯 밟고 다녔다.

그러나 박생이 지나가는 앞길 수십 걸음쯤 되는 거리만은 평탄할 뿐 아니라 흐르는 쇳물과 튀어 오르는 불꽃도 없었다. 이는 오직 박생을 맞이하기 위한 신통력의 조화였던 것이다.

박생이 왕궁에 들어서니, 사대문이 활짝 열려 있고 연못과 정자와 누각이 인간 세계의 것과 다를 바 없었다. 아리따운 처녀 둘이 나오더니 박생에게 얌전히 인사를 드리고 박생을 부축하여 궁전으로 들어갔다.

왕은 통천관*을 쓰고 문옥대*를 띠고 수레에 실려 섬돌 아래로 내려와 박생을 맞이했다. 그러나 박생은 땅바닥에 꿇어 엎드린 채 감히 우러러보지 못했다. 왕이 말하였다.

"나라가 달라 서로 오고 감이 없었소. 학식 있는 선비가 궁전 앞이라 하여 어찌 이다지도 몸을 굽히시오?"

왕은 박생의 소매를 잡고 전각 위로 올라갔다. 그러고는 박생을 위해 따로 마련한 의자를 권하는데, 옥으로 난간을 만든 황금 의자였다. 자리에 앉은 뒤 왕은 시중꾼에게 다과를 가져오라고 명했다.

박생이 곁눈으로 살펴보니 그들이 말하는 차는 구리 물이요, 과자는 무쇠 덩어리인 듯했다. 박생은 몹시 놀랍고 두려운 생각이 들었으나 피할 길이 없어 그들이 하는 대로 보고 있었다.

*통천관은 옛날 귀족들이 수레를 타고 외출할 때에 쓰던 관.
*문옥대는 옛날 귀족들이 두르던 옥으로 장식한 띠.

그런데 정작 차를 담은 쟁반이 들어오고 보니 향기로운 차와 아름다운 과일들이었다. 그윽하고 좋은 향기가 온 방 안에 가득 풍겼다. 다과를 먹고 난 다음 왕은 박생에게 말했다.

"선비는 이곳을 알고 있는가? 이곳은 염부주라는 곳인데 궁전의 북쪽 산이 바로 옥초산*이다. 이 섬나라가 천지의 남쪽에 있는 까닭에 남염부주라고 한다. '염부'라는 말은, 화염이 이글이글 타올라 항상 허공에 떠 있기 때문에 붙여진 이름이다.

나의 이름은 '염마焰魔'인데 이는 '화염이 어루만져 준다'는 뜻이다. 내가 이 땅에서 왕이 된 지는 벌써 만여 년이 되었다. 이제는 나이도 많거니와 신통력이 늘어서 마음먹은 일이면 안 되는 것이 없다. 또한 뜻을 두어 하고자 하는 일은 모두가 사리에 맞지 않는 것이 없다.

옛날 창힐*이 글자를 만들 때도 우리 백성을 보내서 기초하여 주었고 구담*이 성불할 적에도 우리 부하를 파견하여 그를 도와주었다. 그러나 삼왕*과 주공, 공자에 대해서는 그들이 자신의 힘으로 갈 길을 훌륭히 닦았으니, 나 또한 그들 앞에서는 발붙이지 못했다."

"주공과 공자, 구담은 어떤 사람들인지요?"

"주공과 공자는 중국의 문물이 빛나던 시대의 성인이요, 구담은 서역의 간사하고 흉악한 세상에 나타난 성인이다. 세상이 비록 깨었다고는

---

*옥초산은 고대 전설에 나오는 바닷속 섬나라에 있는 산으로 그 아래에 아비지옥이 있다고 한다.
*창힐은 중국 고대 제왕인 황제의 신하로, 문자를 처음 만든 사람이라고 전한다.
*구담은 인도의 불교 교조인 석가모니를 가리킨다. 본래 성이 구담씨였다.
*삼왕은 중국 고대의 어진 왕인 우임금, 탕임금, 문왕을 가리킨다.

하나 성품이 순박한 이도 있고 불순한 이도 있기 때문에 주공과 공자가 나타나 그들을 바로잡아 주었다. 그리고 간사하고 흉악한 무리들이 비록 어리석고 사리에 어둡기는 하나, 기질이 영리한 이도 있고 우둔한 이도 있는 까닭에 구담이 그를 깨우쳐 주었다.

주공과 공자의 가르침은 정도(정당한 도리)로써 사도(사악한 도리)를 바로잡는 것이었고, 구담의 설법은 사도로써 사도를 물리치도록 한 것이었다. 바른 이치로 간사한 것을 바로잡으려고 하였기 때문에 주공과 공자의 말은 정직하며, 간사한 것으로 간사한 것을 물리치도록 하였기 때문에 구담의 말은 황당할 수밖에 없다. 그러므로 정직한 것은 군자들이 따르기 쉽고 황당한 것은 소인들이 믿기 쉽다.

그러나 두 교리의 궁극적인 목적은 군자와 소인이 한결같이 바른길로 나아가도록 하는 것이었고, 세상을 속여 백성을 어리석게 만들어 그릇된 길로 떨어지게 하려는 것은 아니었다.”

“그러면 귀신에 대한 견해를 듣고자 합니다.”

“귀鬼란 음의 신령이며 신神이란 양의 신령인데 모두 천지조화의 자취이며 기의 두 측면인 음과 양의 본능이다. 살아 있는 것을 사람이라 하고 죽은 것을 귀신이라 하나 그 이치는 다를 것이 없다.”

“인간 세상에서는 귀신에게 제사를 지내 주는 일이 있는데, 그러면 제사를 지내 주는 귀신과 천지조화의 귀신이 서로 다른 점이 있는지요?”

“다르지 않다. 선비는 옛 유학자가 ‘귀신은 형체도 없고 소리도 없으나 사물의 시작과 끝은 모두 음과 양에 뭉치거나 흩어지는 행위’라고 한 말을 어찌 보지 못했는가? 그러기에 하늘과 땅에 제사 지내는 것은 음양의 조화에 경의를 표시하는 일이다. 그리고 산이나 내에 제사를 지내는 것은 기의 조화와 그 혜택에 감사의 뜻을 드리는 것이다.

또한 조상에게 제사 지내 근본에 보답하는 것이나 잡신에게 제사 지내 재앙을 면한다는 것도 모두 사람들로 하여금 존경의 뜻을 표현하게 하는 것일 뿐이다.

어떤 형체나 바탕을 갖춘 귀신이 함부로 인간에게 화와 복을 주는 것은 아니다. 다만 사람들이 자기 마음속으로 봄에 풀이 돋아나면 신의 힘이 포근한 듯 여기며 가을에 서리가 내리면 신의 힘이 싸늘한 듯 여기고, 제사 지낼 때는 신의 음성이 귀에 들리는 듯 여길 뿐이다. 공자가 '귀신에 대해서는 경의를 표하면서도 멀리하라.' 한 것도 바로 이를 두고 말한 것이다."

"세상에는 사납고 요사스러운 도깨비가 있어 인간을 해치거나 만물을 홀려 정신을 못 차리게 한다는데 이런 것도 귀신이라고 하는지요?"

"귀란 옴츠러든 것이요, 신이란 펴진 것이다. 옴츠러들었다 펴지는 것은 조화로움을 나타내는 신이요, 옴츠러들었다가 펴지지 못하는 것은 가슴이 답답하게 막힌 요물이다.

신은 자연의 조화와 어울려 음과 양의 변화에 따라다니므로 자취가 없다. 그러나 귀는 기운이 막혀 맺혀 있기 때문에 인간이나 동물을 가릴 것 없이 원한이 서리어 형체가 나타난 것이다.

산에 있는 요물은 산귀신이요, 물에 있는 요물은 물귀신이요, 수석의 괴물은 용망상龍罔象이요, 목석의 괴물은 기망량夔魍魎이요, 남을 해치는 건 여귀厲鬼요, 남을 괴롭히는 건 마귀魔鬼요, 남에게 붙어 다니는 건 요귀妖鬼요, 남을 매혹시키는 건 매귀魅鬼라, 이런 것들이 모두 귀다.

음양의 조화로 헤아리기 어려운 것이 신이다. 그러므로 신이란 뚜렷하지 않고 묘하게 작용한다는 말이요, 귀란 근본으로 돌아간다는 말이다. 자연이나 인간이 한가지 이치라 나타나고 사라지는 것은 서로 다른 것이 아니다.

따라서 근본으로 돌아가는 것을 고요함이라 하며 원형대로 복구되는 것을 떳떳함이라 한다. 이렇게 계속 변화를 일으키나 변화하는 자취를 헤아리기는 어려운 것이다. 이것을 일러서 '도'라고 한다. 때문에 '귀신의 본성은 아주 다양하다.'고 한 것이다."

박생은 또 다음과 같은 문제를 제기하였다.

"제가 언젠가 불교를 믿는다는 자들에게서 들은 것이 있습니다. 그들의 말에 의하면 '천상에는 천당이라는 안락한 곳이 있고, 지하에는 지옥이라는 고통스러운 곳이 있다. 그리고 지옥에서는 열 명의 왕이 열여덟개 옥에 갇혀 있는 죄수들을 신문한다.'고 하던데 정말로 이런 일이 있는지요?

또 그들은 사람이 죽은 지 칠 일 만에 불공을 드리고 재를 올려 영혼을 위로한답니다. 그러고는 지옥 왕에게 기도하며 종이돈을 불살라, 죽은 이가 지은 죄를 씻어 달라고 야단이랍니다. 과연 이렇게 하면 죽은 이가 사납고 악한 사람이어도 지옥 왕은 용서해 준단 말인가요?"

왕은 깜짝 놀라면서 이야기를 계속하였다.

"난 그런 말은 들은 적이 없다. 옛사람은 '음과 양으로 조화되는 것이 도이고, 열리고 닫히는 것이 변화이고, 끝없이 나서 자라는 것이 발전이며, 꾸준하고 꾸며 낸 거짓이 없는 것이 진실이다.' 하였다. 그렇다면 어찌 이 우주 밖에 다시 다른 우주가 있으며 이 세계 밖에 또 다른 세계가 있단 말인가?

왕이란 만백성이 우러러보는 자에 대한 칭호이다. 삼대* 이전에는 모든 백성의 주인을 왕이라 하였을 뿐 다른 칭호는 없었다. 그래서 공자가 《춘추》를 편찬하여 백 대의 제왕이 바꿀 수 없는 큰 법을 마련하면서도 주나라 왕실을 높여 왕이라 하지 않았던가. 그래서 왕이란 이름보다 더 높은 이름이 있을 수 없었다.

그런데 진나라 시황이 육국을 엎고 온 천하를 통일하더니, 제 딴에는 도덕이 삼황*을 겸하고 공로가 오제*보다 높다고 하여 '황제'라고 일컬었다. 이때는 벌써 분수에 지나치게 제멋대로 왕이라고 일컫는 이들이 있었으니, 위나라 왕, 양나라 왕, 초나라 왕이라 하는 자들이 그런 예다. 이로부터 왕이라는 명분이 무질서해져 문왕, 무왕, 성왕, 강왕과 같은 존엄한 칭호가 땅에 떨어지고 말았다.

이처럼 무지하고, 하는 짓이 분수에 지나친 인간 세상에서는 말할 것

---

* 삼대는 고대 중국의 세 왕조. 하, 은, 주.
* 삼황은 고대 중국 전설에 나오는 세 임금. 천황씨, 지황씨, 인황씨, 또는 수인씨, 복희씨, 신농씨.
* 오제는 고대 중국 전설에 나오는 다섯 성군. 소호, 전욱, 제곡, 요, 순.

도 없으나, 신성한 세계에서는 아직도 질서가 엄연히 서 있을 텐데 어찌 한 나라 안에 왕이 저처럼 많을 수 있단 말인가. 하늘에는 해가 둘이 있을 수 없고 나라에는 왕이 둘이 있을 수 없다는 말을 선비는 듣지 못했던가. 그런 허튼소리는 믿을 것이 못 된다.

더구나 재를 올려 죽은 넋을 제사 지내고, 지옥 왕에게 기도하며 돈을 태운다는 이야기는 도무지 무슨 수작인지 나로서는 깨닫지 못할 일이다. 선비는 이왕 말이 나왔으니 인간 세상 사람들의 황당한 짓들을 좀 더 자세히 들려줄 수 없는가.”

박생은 이 말을 듣고 그도 그럴 것이라고 여기면서 옷깃을 여미고 생각을 서슴지 않고 털어놓기 시작했다.

“인간 세상에서는 부모가 죽은 지 사십구일이 되면 지위의 높고 낮음을 가리지 않고 장례 예절은 팽개쳐 버리고 부처 앞에 기도하는 것을 가장 큰일로 여긴답니다. 그중에서도 부자들은 엄청나게 많은 재물을 쏟아부어 다른 이들의 관심을 끌고, 가난한 자들도 토지와 집까지 팔고도 모자라 빚을 내고 곡식을 꾸어 대는 판이랍니다.

그들은 종이를 오려 금줄*을 늘이고 비단을 오려 꽃을 만들며, 중들을 불러 염불을 떠벌리며 주문 외기를 새가 지저귀듯 쥐가 찍찍거리듯 한답니다. 이렇게 아무런 뜻도 없는 짓을 해대지요.

상주 된 자는 아내와 자식을 데리고 오며, 친척 친구들까지 모조리

---

* 금줄은 부정한 기운을 막으려고 문이나 길 어귀에 건너질러 매거나 신성한 대상물에 매는 새끼줄.

초청하여 절간으로 모여듭니다. 사내나 계집들의 난잡한 행동은 말할 것도 없거니와 심지어 대소변도 가리지 못해서 사방에다 질펀하게 싸 놓는 판이랍니다. 이래서 마침내 깨끗한 절간을 뒷간 같은 오물 구덩이로 만들며, 조용하던 절간을 장터보다 시끄러운 난장판으로 만들어 버립니다.

어찌 이뿐이겠습니까. 열 명의 저승 왕을 부른다고 하면서 온갖 음식을 차려 놓고, 귀신 들린 사람을 위해 푸닥거리를 하고 종이돈을 태우면서 속죄 풀이를 합니다. 모르기는 하지만 만일 그 지옥 왕이 있다 하더라도, 예절이나 의리를 돌아보지 않고 제 배만 채우기 위해 주는 대로 다 받아 삼키겠습니까? 아니면 그 실제 사정을 살펴 법에 따라 처단을 내리겠습니까?

이 점이 제가 가장 분하고 원통하게 여기는 대목입니다. 차마 말을 다 못할 지경이니, 저를 위해 잘 해명해 주시기 바랍니다."

"어허, 불쌍하구나! 어찌 그럴 수가 있단 말인가. 사람이 살아 있다는 것은 하늘이 숨 쉴 구멍을 주고 땅이 먹을 것을 길러 내 주었기 때문이다. 또한 임금이 법으로 다스리고 스승이 도덕으로 가르치며 어버이가 두터운 사랑으로 길러 주었기 때문이다.

그러므로 오륜이 차례가 있어야 하고 삼강이 문란해지지 말아야 한다. 이를 따르면 복이 올 것이고, 이를 거역하면 화를 입을 것이다. 복과 화는 사람들이 할 탓이다.

그리고 사람이 죽는다는 것은 곧 육체와 정신이 흩어져 우주 공간에

퍼지면서 본래대로 돌아가는 것인데, 알지 못하는 어떤 곳에 알지 못하는 그 무엇이 남아 있다고 할 수 있겠는가.

원한 맺힌 넋이나 뜻밖의 불행을 당한 귀신이 제때에 사라지지 못하고 싸움터나 거친 벌판에서 울부짖거나, 억울한 죽음으로 원한이 맺힌 집구석에서 흐느껴 우는 일이 있을 수는 있다. 이것은 무당을 시켜 정성스럽게 빌거나 사람들이 원한을 풀어 주면 그 정신이 제때에 사라지지 않았다가도 끝내는 흔적 없이 사라지고 마는 것이다.

그러니 어찌 사람의 넋이 저승에서도 형체를 갖추고 나타나서 지옥 형벌을 받게 된다고 할 수 있겠는가. 이 점은 사물의 이치를 아는 자라면 마땅히 짐작할 수 있을 것이다.

심지어 부처 앞에 재를 올리고 지옥 왕에게 제사를 지내는 것은 더욱 터무니없는 짓이다. 원래 재齋란 '깨끗이 한다'는 뜻으로 깨끗하지 못한 것을 깨끗하게 만들기 위해 재를 올리는 것이다.

부처란 맑고 깨끗하다는 뜻이며 왕이란 높고 엄숙한 위치를 일컫는 칭호여서, 왕이 사치한 수레를 요구하고 금을 탐내던 사실은 《춘추》에서도 비판하지 않았던가. 사치스럽게도 금을 사용하고 비단만을 사용하려는 버릇은 한나라와 위나라에서 시작된 일이었을 뿐이다.

어찌 맑고도 조촐한 신이 인간 세상 사람들의 공양을 기쁘게 받으며, 높고 엄숙한 왕이 죄인들의 뇌물을 받겠는가. 더구나 저승의 귀신들이 어떻게 인간의 형벌을 좌우한단 말인가. 이것 또한 사물의 이치를 잘 아는 선비라면 으레 짐작할 수 있을 것이다."

"인생이 윤회하여 이승에서 죽으면 저승에서 다시 태어난다는 것은 무슨 말인지 묻겠습니다."

"정기와 영혼이 사라지기 전에는 윤회하는 것처럼 생각할 수 있으나, 시일이 오래되면 마침내 흩어지고 사라져 버릴 뿐이다."

"그럼 왕께서는 무슨 까닭으로 이런 이상한 세상에 살면서 왕 자리를 지키고 계시는지요?"

"나 말인가? 나 또한 인간 세상에 살 때는 왕에게 충성을 다 바치던 사람이었다. 한 번은 분에 못 이겨 원수를 물리치다가 뜻을 이루지 못해 내 맹세하기를, '죽어 사나운 귀신이 되어서라도 기어코 원수를 갚으리라.' 하였다. 나의 바람이 헛일이 되지 않고, 충성심은 여전히 살아 있어 이 사나운 세상의 왕이 되었다.

이곳에 살면서 나의 통제를 받는 자들은 모두 전날에 임금이나 아비를 죽인 놈이나 모략을 써서 친구를 해치거나 백성들을 학살한 놈처럼 이러저러한 간사하고 악독한 무리들이다. 그들은 여기에서 내 통제를 받으며 자신의 죄를 깨닫고 자기를 바꾸려는 자들이다. 그러기에 정직하고 사심이 없는 자가 아니고서는 단 하루도 이곳에서 왕 노릇을 할 수 없다.

내 들으니 그대는 마음이 정직하고 뜻이 굳어 자기 몸을 굽힐 줄 모른다 하니 참으로 뛰어난 인재라 하겠다. 그러나 인간 세상에서 한 번도 뜻을 펴 보지 못했으니 그야말로 찬란한 백옥이 티끌 속에 묻힌 격이다. 어진 장인바치를 만나지 않는다면 누가 지극히 귀중한 보물인 줄 알아주겠는가. 어허, 애석한 노릇이다.

내 이제는 한 시대의 운수가 다 되어 이 자리를 그만두려고 한다. 그 대 또한 운명과 재수가 다 되어 오래지 않아 무덤 속에 묻힐 것이니, 이 나라를 맡아 다스릴 자가 그대가 아니고 또 누구이겠는가."

왕은 이렇게 말하면서 잔치를 열고, 박생과 만나게 된 것을 한없이 즐 거워했다. 왕은 계속 박생에게 삼한 이후 조선의 흥망성쇠에 관한 역사의 자취를 물었고, 박생은 이를 낱낱이 이야기했다. 이야기가 고려 왕조 창 건 당시에 미치게 되었을 때, 왕은 갑자기 두서너 번이나 한숨을 지으며 다음과 같이 말했다.

"나라를 다스리는 자는 폭력으로 백성들을 억압해서는 안 된다. 백성들 이 비록 겁을 먹고 두려워하면서 따르는 것처럼 보이나, 마음속에는 반 항심을 품고 있으니 이것이 날로 쌓이고 달로 쌓이면 마침내 터질 것이 다. 그때 가서는 왕권이란 한갓 봄바람에 얼음처럼 녹아 버리고 말 것 이다.

그러므로 덕이 있는 자는 권력으로 임금의 자리에 나가지 않는다. 하 늘이 비록 이렇다 저렇다 말을 하지는 않지만 어떤 일을 행함으로써 그 뜻을 보이니, 상제의 명령이란 엄격한 것이다. 나라는 백성의 나라이고 명이라는 것은 하늘의 명이다. 하늘의 명이 떠나고 민심이 떠나면 자기 한 목숨인들 어떻게 보전할 수 있겠는가?"

박생은 인간 세상의 역대 왕들이 괴이한 불교를 신봉하면서 황당한 일들 을 저지르는 것에 대해 들려주었다. 왕은 이맛살을 찌푸리며 말을 이었다.

"백성들이 안락한 생활을 누리면서 태평가를 부르는 때에도 홍수와 가뭄이 겹쳐 드는 경우는, 하늘이 왕에게 더 삼가고 조심하라고 경계하는 것이다. 백성들의 원한이 치솟아 오를 때인데도 복된 징조가 나타나는 경우는, 요괴가 왕에게 아첨해서 교만하고 망나니 같은 행동을 더욱 부추기는 것이다.

또 지난날 역대 왕들의 일을 보라. 상서로운 징조가 나타났던 시기가 과연 백성들이 안락한 생활을 누리던 때였던가, 혹은 원한을 부르짖던 때였던가?"

"요즘 인간 세상에는 간사하고 악한 신하들이 개떼처럼 설치고 날뛰며 큰 난리가 계속 일어나고 있습니다. 그런데도 윗자리에 앉은 자들은 협박과 힘으로 제 딴에는 착한 일을 하는 척하며 부질없는 명예만 탐냅니다. 그들이 언제까지 그대로 견뎌 낼 수 있겠습니까? 세상은 반드시 뒤엎어지고 말 것입니다."

왕은 한참 동안 말이 없더니,

"그대 말이 옳도다."

하고, 악착스러운 인간 세상의 일을 개탄하였다. 연회가 끝나자 왕우 박생에게 왕위를 넘겨주려고 친히 다음과 같은 문서를 내렸다.

"남염부주 이곳은 참으로 거칠고 사나운 나라이다. 우임금의 자취*도 이르지 못한 곳이요, 목왕의 여덟 마리 준마*도 찾아오지 못한 곳이다.

---

* 중국 고대 왕인 우임금이 치수 사업을 하느라고 온 천하를 돌아다녔다는 의미에서 썼다.
* 목왕은 중국 주나라의 왕으로, 그가 기르던 말 여덟 마리는 빠르기로 유명했다.

불 같은 구름이 해를 가리고 독기 어린 안개가 하늘에 뻗쳤다. 목마르면 이글이글 끓어 번지는 쇳물을 마시고 배고프면 활활 타오르는 쇳덩이를 삼키니, 야차나 나찰*이 아니고서는 발붙일 곳이 없고 허깨비나 도깨비가 아니고서는 기를 펴지 못할 것이다.

천 리에 불로 된 성벽이 둘러 있고 만 겹으로 쇠 지옥이 둘러쌌다. 민속이 사납고 악한지라 정직한 이가 아니면 옳고 그름을 분별할 수 없다. 땅의 생김새도 험악한지라 신비롭고 뛰어난 힘이 아니면 교화를 베풀지 못할 것이다.

아, 그대 조선국 박생은 정직하고 사사로운 욕심이 없으며 꿋꿋한 절개를 지키는구나. 또한 빛나는 바탕을 간직하였고 어리석음을 깨우쳐 줄 재간을 가졌구나. 생전에 비록 부귀영화를 누리지 못했으나 사후에 덕으로 교화를 펴고 세상을 바로잡을 것이다. 온 백성이 길이 우러러볼 자, 그대 아니고 누구이겠는가?

마땅히 덕을 닦고 예절을 높여 만백성을 착한 길로 인도하며, 몸소 실천하고 마음으로 깨달아 온 세상을 평화롭게 해 주길 바라네. 부디 하늘의 뜻에 따라 요임금을 본받고 순임금을 잇기를! 내 자리를 물려주니 아, 삼가고 힘쓰기를 바랄 뿐이네!"

박생은 문서를 받들고 몸 둘 데가 없어 엎드려 감사한 마음으로 절을 하고 일어섰다. 왕은 신하들과 백성들이 박생에게 칭찬의 뜻을 드러내게

---

*야차와 나찰은 모두 불교에서 말하는 마귀의 이름.

하고, 태자의 예를 갖추어 떠나보내도록 명령하였다. 왕은 또 박생을 격려하였다.

"오래지 않아 다시 올 것이다. 이번 걸음에 수고 많이 하였다. 우리들이
한 이야기를 인간 세상에 널리 알려 황당한 짓을 모조리 쓸어버리도록
하라."

박생은 거듭 인사하면서 감사의 뜻을 나타냈다.

"황공합니다. 거룩하신 명령에 만분의 일이라도 보답하겠습니다."

박생은 일어서서 궁문 밖을 나섰다. 바로 이때였다. 수레를 몰던 자가
발을 헛디뎌서 갑자기 넘어지더니 수레바퀴가 왈캉 뒤엎어졌다. 이 바람
에 박생도 땅바닥에 나뒹굴었다. 깜짝 놀라서 일어서려고 하던 차에 문득
깨고 보니 모든 것이 한바탕 꿈이었다. 눈을 비비고 주위를 살펴보니 책상
위에는 읽던 책이 그대로 널려 있고 외로운 등불만 가물거릴 뿐이었다.

박생은 한참 동안 정신을 차려 꿈속 일을 더듬어 보았다. 곰곰이 생각
할수록 죽을 날이 멀지 않은 것 같았다. 박생은 이때부터 집안일을 정리
하면서 딴 세상으로 떠날 것만을 생각했다.

두어 달이 지난 뒤 박생은 병으로 앓아누웠다. 박생은 이젠 다시 일어나
지 못할 것으로 짐작하고 의원과 약을 물리치고 태연히 운명하였다. 박생
이 죽은 날 밤 이웃 사람들 꿈에 어떤 신이 나타나서 이렇게 알려 주었다.

"너희들의 이웃에 살던 박생은 장차 염라대왕이 될 것이다."

용궁의 상량 잔치

龍宮赴宴錄

송도에 천마산이 있는데 깎아지른 듯한 봉우리들이 하늘 높이 솟아 있어 '하늘을 간다'는 뜻으로 천마산天磨山이라 불렸다. 이 산 중턱에는 박연瓢淵이라는 큰 연못이 있다. 좁기는 하지만 깊이를 헤아릴 수 없고 연못 물이 넘쳐흘러 폭포를 이루었는데 높이가 백여 길쯤 되어 보인다. 경치가 너무도 아름답고 깨끗해서, 산수를 즐겨 떠도는 승려나 지나가던 나그네들이 흔히들 이곳을 찾아 유람한다. 이 연못 속에서 용이 나타나 이상한 일을 저질렀다는 이야기*가 전해져 오는데, 나라에서는 해마다 여기에 제물을 차려 놓고 제사를 지내기도 했다.

고려 때에 한생이라는 선비가 있었다. 한생은 젊고 문장에 능하여 이름이 조정에까지 알려졌고 사람들은 그를 글 잘 짓는 선비로 불렀다. 어느 날 저녁 한생은 자기 방에 앉아 있었다. 문득 푸른 도포를 입고 복두*를 쓴 낭관* 두 사람이 공중에서 내려오더니 뜰 아래 엎드려,

* 고려 때 문종이 못 안에 있는 바위 위에 올라서자 문득 풍랑이 일어나고 바위가 흔들렸는데 이영간이 글을 지어 용을 꾸짖었더니 풍랑이 멎었다는 이야기이다.
* 복두는 선비나 벼슬아치들이 머리에 쓰던 모자로, 천으로 만들며 뒤에는 댕기를 늘인다.
* 낭관은 왕궁을 호위하며 왕의 시중을 들던 벼슬 이름.

"박연에 계신 용왕의 명령으로 선생을 모시러 왔습니다."

하고, 한생에게 함께 가자고 했다. 뜻밖의 일에 깜짝 놀란 한생은 얼굴이 새파랗게 질렸다.

"용궁과 인간 세상은 길이 생판 다른데 어떻게 서로 오갈 수 있단 말인 가? 또 물나라는 물길이 멀고 넓으며 물결이 사나울 텐데 내가 어찌 갈 수 있겠는가?"

"이미 준비해 온 용마(훌륭하고 날쎈 말)가 문밖에 기다리고 있으니 선생 은 그런 걱정을 마시오."

두 사람은 이렇게 말하더니 공손히 한생을 부축하여 문밖으로 나갔다. 문밖에는 과연 용마가 대기하고 있었다. 금으로 꾸민 안장에 구슬로 만든 굴레를 메웠으며 황색 비단으로 치장한 날개 돋친 말이었다.

따르는 시중꾼들은 모두 십여 명이었는데 붉은 수건을 이마에 두르고 비단옷을 입은 자들이었다. 시중꾼들은 한생을 팔로 끼어서 잡고 용마 등 에 올려 앉혔다.

깃발과 일산(해를 가리는 우산)을 든 자들은 앞장서 나가고 풍악을 잡은 미인들은 뒤에서 따르고 낭관 두 사람은 홀*을 잡고 따라선다. 용마가 하 늘 높이 날아오르자 발아래는 구름과 노을이 자욱해서, 지상 세계가 어디 에 있는지 보이지 않았다.

줄지어 늘어선 행렬은 순식간에 용궁 문 앞에 이르렀다. 한생이 용마에

---

* 홀은 벼슬아치들이 손에 쥐고 다니던 패쪽. 상아, 옥돌, 대쪽 따위로 윗사람의 지시를 받아 적는 데 쓰였다.

서 내려 주위를 살펴보니 문지기 역졸들은 게, 자라, 거북의 껍질로 만든 갑옷을 입었고 창과 칼로 무장한 모습이 무서우리만큼 엄중했다. 그들의 눈초리는 한 치씩이나 찢어졌는데, 한꺼번에 머리 숙여 인사를 하더니 자리를 깔아 주며 한생에게 쉬라고 하였다. 그들이 하는 것을 보니 모두 미리 대기하고 있었던 것이 분명했다.

낭관 두 사람이 먼저 궁궐 안으로 달려가서 보고하자 이내 푸른 옷을 입은 어린아이 둘이 나와서 한생의 손목을 잡고 안으로 인도했다. 한생은 천천히 걸으면서 용궁 문루(성문 위에 지은 다락집)를 올려다보았다. 거기에는 함인문含仁門이라는 현판이 덩그렇게 걸려 있었다.

용궁 문에 들어서자마자 절운관*을 젖혀 쓰고 칼을 차고 손에 간책*을 든 용왕이 부리나케 섬돌 아래까지 내려와 한생을 맞았다. 용왕은 뜰에 올라 궁궐에 들어서며 한생에게 앉으라 말했는데, 여기가 바로 수정궁 백옥상*이었다. 한생은 허리를 굽히며 굳이 사양하였다.

"속세에 살던 보잘것없는 제가 초목과 같이 썩어도 달게 여길 것인데, 어찌 이렇게 높고 엄숙하신 분께 분에 넘치는 대접을 받겠습니까?"

그러나 용왕은 말하였다.

"선생의 명성은 들은 지가 오래되었소. 이렇게 친히 오도록 해서 미안하나 너무 의심하지는 마시오."

* 절운관은 옛날 사람들이 쓰던 쓰개(관)의 한 종류.
* 간책은 종이 대신 글을 쓰던 대쪽.
* 수정궁은 용궁에 있는 궁전의 이름이며, 백옥상은 흰 옥으로 만든 의자다.

용왕은 손을 들어 예를 표하고 다시 앉기를 권했다. 한생은 세 빈 사양하다 마지못해 자리로 나아갔다.

용왕은 남쪽을 향하여 일곱 가지 보물로 만든 용상에 앉고, 한생은 서쪽을 향해 앉았다. 이렇게 자리에 앉자마자 문지기가 들어오더니 손님이 오셨다는 말을 전한다.

용왕은 다시 일어나 문밖으로 나가서 손님들을 맞아들였다. 손님 세 사람은 홍포(붉은색 예복)를 입고 고운 빛깔로 화려하게 꾸민 수레를 탔다. 그 차림새와 시중꾼의 행렬로 보아서는 어느 점잖은 왕의 행차가 분명했다.

용왕이 그들을 맞이하여 전 위로 올라올 때 한생은 그대로 앉아 있기가 거북해서 창가로 몸을 피했다. 그들이 앉기를 기다려 인사를 드리려는 것이었다. 용왕은 세 손님더러 동쪽을 향해 앉으라고 권하면서 말했다.

"마침 인간 세상에서 글 잘하는 선생을 한 분 모셔 왔으니 여러분들도 이상하게 생각하지는 마시오."

부탁을 한 다음 사람을 시켜 한생을 가까이 오도록 하였다. 한생이 앞으로 나가 예를 드리자 여러 손님들도 모두 머리를 숙여 답례하였다. 한생은 또 자리를 사양하였다.

"저 같은 한낱 선비가 거룩하신 신령들과 어찌 자리를 같이할 수 있겠습니까?"

세 손님이 말하였다.

"인간 세상과 귀신 세계가 길이 달라 서로 사귀지는 못했지만, 용왕께서는 위엄이 있으시고 사람을 알아보는 지혜가 밝으십니다. 선생은 인간 세상에서 이름 높은 문장가임이 분명하오. 용왕이 명령하시는 바이니 지나치게 사양하지 마시오."

용왕은 모두에게 앉으라고 권했다. 세 손님이 자리 잡고 앉은 뒤 한생은 몸을 굽히며 자리에 올라 한쪽에 꿇어앉았는데, 용왕은 편히 앉으라고 몇 번씩 일렀다. 이윽고 차를 한 차례 돌린 뒤 용왕이 입을 열었다.

"나에게 딸 하나가 있어 이미 머리를 얹었으나*, 이제야 혼사 잔치를 치르려고 하오. 허나 집이 너무 비좁고 누추하여 사위를 맞이할 만한 방이 없소. 그래서 집을 따로 한 채 짓는 중인데 그 집 이름을 가회각佳會閣이라 하였소.

장인바치들도 다 모여들었고 목재, 석재들도 다 갖추어졌으나 아직도 상량문*을 짓지 못했소. 내 들으니 선비는 명성이 온 나라에 자자하고 글과 글씨가 여러 학자 가운데 으뜸이라 하여 특별히 초청했으니, 부디 나를 위해 글 한 편을 지어 주기 바라오."

용왕이 말을 끝내기도 전에 두 아이가 나타났다. 한 아이는 푸른 옥돌로 만든 벼루와 대나무로 만든 붓대를 들고, 다른 아이는 비단 한 필을 들고 와서 한생 앞에 공손히 펴놓았다.

이윽고 한생이 절하고 일어나 앉아 붓대를 들었다. 먹을 흠뻑 찍어 생

---

* '머리를 얹다'는 여자가 시집을 갔다는 것을 말한다.
* 상량문은 상량을 축복하는 글. 목조 건물을 지을 때 들보를 메어 올려서 기둥 위에 거는 일을 '상량'이라 하는데, 이때 잔치를 열고 상량문을 지어 그 집의 행복을 빌던 풍속이 있었다.

각이 떠오르는 대로 단숨에 내리갈기니, 붓놀림의 기세는 안개가 서리고 구름발이 피어오르는 듯 너무나 황홀하였다.

온 누리에서는 용왕이 신령스럽고

인간의 온갖 일 중에서는 배필이 중요하네.

이미 만물에 비를 내려 주었으니

어찌 복을 누릴 경사가 없겠는가.

원앙새 배필 만나

오랜 세월 누릴 처음을 열고

나는 용 하늘에 올라

바람과 구름의 조화 일으킬 길을 닦았네.

이에 새로 궁궐을 지어

가회각이라 이름 붙이니

자라 거북 모여들어 일꾼 되었고

빛나는 보석이 재목으로 쓰였구나.

수정 산호 기둥 삼고

용골˚ 낭간 들보 삼아

구슬발 걷히니 푸른 노을 서려 오고

옥 창문 여닫으니 흰 구름 머무는구나.

정답고 화목하니

긴 세월 끊임없는 복을 누리소서.

즐겁고 반가우니

대대손손 후손을 늘리소서.

어여차, 들보여, 동쪽을 바라보라.

붉고 푸른 산봉우리 허공에 솟았구나.

하룻밤 우렛소리 골짜기를 흔들더니

온 벼랑 쏟는 물이 구슬인 듯하구나.

어여차, 들보여, 서쪽을 바라보라.

오솔길 바위 숲에 산새도 노래하네.

맑고 깊은 저 연못은 몇 길이나 되는가.

치런치런 봄 물결이 거울처럼 비쳐 드네.

어여차, 들보여, 남쪽을 바라보라.

십 리 길 솔숲에 푸른 노을 서려 있네.

* 용골은 선박 바닥의 중앙을 받치는 길고 큰 재목.

장하구나 이 궁전을 그 누가 몰라보리.

유리처럼 맑은 물에 그림자만 잠겼구나.

어여차, 들보여, 북쪽을 바라보라.

아침 해 스며들어 물빛 더욱 아롱지네.

삼백 필 흰 비단 펴서 가로로 걸었는가.

천상 은하수가 거꾸로 쏟아진 듯.

어여차, 들보여, 위쪽을 바라보라.

무지개 부여잡고 하늘로 오를 듯.

동쪽 세상 천만 리에 펼쳐졌구나.

인간 세상 돌아보니 손바닥만 하구나.

어여차, 들보여, 아래를 굽어보라.

아물아물 봄 동산에 아지랑이 서려 있네.

바라건대 한 방울 생명수를 가져다가

온 세상에 기름진 비를 뿌려 줄까 하노라.

부디 비옵나니

이 궁전을 이룩하고 혼례를 치른 뒤에

만복이 이르소서

천복이 이르소서.

　이렇게 상량문은 다 지었다. 한생이 이를 용왕에게 바치니 용왕은 크게
기뻐하며 세 손님에게 주어 돌려 보게 하였다. 이 글을 받아 본 세 손님도
모두 입에 침이 마르도록 칭찬하였다. 이윽고 용왕은 한생의 수고에 감사
하는 연회를 열었다. 한생이 꿇어앉아,

　"높으신 여러 신령들께서 모인 자리여서 분에 넘치고 고마운 마음에 감
　히 존함을 묻지 못했습니다."

하며, 세 손님*의 이름을 물으니, 용왕이 이 말을 받아 설명해 주었다.

　"선생은 인간 세상 사람이라 당연히 알지 못할 것이오. 첫째 좌석에 앉
　은 이는 조강신이요, 둘째 좌석에 앉은 이는 낙하신이요, 셋째 좌석에
　앉은 이는 벽란신인데 내가 선생의 벗으로 모시려고 일부러 청해 왔소."

　술상이 들어오고 풍악 소리가 울려왔다. 미인 십여 명이 나타나 꽃송
이를 머리에 꽂고 초록색 소매를 너울거리며 춤을 추기 시작했다. 춤추는
미인들은 앞으로 다가섰다 뒤로 물리시기를 몇 차례 거듭하면서 춤에 맞
추어 노래를 불렀다.

　청산은 울창한데
　푸른 연못 넘실거려

* 조강신, 낙하신, 벽란신은 모두 강물을 다스리는 신.

콸콸 쏟는 폭포수는

은하수에 맞닿았네.

문사를 맞아들여 상량문 지어 낼 때

훌륭한 덕을 노래하며 들보를 올리네.

좋은 술 따라 내어 잔 들어 올리며

가벼운 몸차림에 봄볕 춤을 추노라.

향로에서 피는 연기 향기로워라.

가마에서 끓는 음식 맛도 좋으리.

북소리 울려 가며 발을 맞추어

피리 소리 장단에 춤 한결 흥겨워라.

거룩하신 용왕님 용상에 앉았네.

거룩하신 그의 은덕 잊을 날이 있으리.

미인들의 춤이 끝나자 다시 총각 십여 명이 나타났다. 그들은 왼손에 피리를 들고 오른손에 깃 날개를 쥐고 빙글빙글 돌다가 서로 돌아보며 노래를 불렀다.

저기 저 산언덕에 노니는 님이시여

향기로운 옷을 입고 무늬 있는 띠 띠었네.

해 저문 날 맑은 물에

비단 물결 일어난다.

바람은 펄펄 귀밑머리 휘날리고

구름은 훨훨 옷자락을 펄럭이네.

사뿐사뿐 거닐다가

상긋 웃고 돌아선다.

술은 바다인 양 넘실거리고

고기는 산처럼 쌓였네.

취흥에 겨운 손님 기분도 좋구나.

새 노래 지어 내어 새 곡조 불러 보세.

손 들어 마주 잡고

손뼉 치며 놀아 보세.

술병을 두드리며 실컷 마시노니

즐거움 가고 나면 슬픔도 오는구나.

    총각들의 춤가락이 끝나자 용왕은 손뼉을 치며 즐거워하면서 술잔을 씻더니 새 술을 한 잔 따라 들고 한생에게 권했다. 용왕이 스스로 젓대를 불면서 즐거운 마음을 시 한 수로 풀어놓았다.

풍악 소리 흥겨운데 이 술 한 잔 들어 보세.

술잔에 부은 술은 고운 향기 풍겨 오네.

옥피리 비껴들고 한 곡조 부노라니

온 하늘이 씻은 듯 맑아라.

서산에 빛깔 고운 구름 걷히자마자

동산엔 둥근달이 쟁반처럼 떠오르니

이 아니 좋을시고.

잔 들고 묻노니

푸른 하늘 밝은 달아

아름다움 더러움을 너 얼마나 보았는가.

술 가득 술병에 남아 있건만

사람들은 취흥에 잠겨 있구나.

뉘 있어 일깨워 줄까.

아 손님아

십 년토록 티끌세상에서

쌓이고 쌓인 괴로움을 모조리 떨쳐 버리고

통쾌히 저 하늘로 올라 보세.

용왕은 노래를 마치자 주위를 돌아보았다.

"이곳 놀음은 인간 세상과 다르지만 너희들은 귀한 손님을 위해 저마다 한바탕씩 놀아 보아라."

그러자 한 사람이 일어나서 스스로를 곽개사*라 하면서 발을 들고 옆으로 걸어 나오더니 자기소개를 한다.

"저는 바위굴 속에 숨어 사는 선비이며 모래 구멍에 노니는 사람입니다. 팔월이라 맑은 바람 불어오면 동쪽 바다 물속에서 뱃속에 든 까끄라기*를 모조리 털어놓고, 너른 하늘 구름 개면 남쪽 우물가에서 밝은 빛을 토합니다.

저의 몸은 둥그렇고 뱃속에는 노란 집이 들어 있으며 든든한 갑옷 떨쳐입고 예리한 무기를 메었습니다. 가끔 팔다리가 잘린 채 솥 안에 들어가며 심지어는 제 몸뚱이를 송두리째 남을 위해 바치기도 합니다.

맛도 좋고 격에 어울리는 멋도 있어 영웅호걸들의 입맛을 돋우기도 하지만 때로는 엉성한 제 몰골이 아낙네들의 웃음거리가 되기도 합니다. 어떤 이는 '물속에 있는 게만 보아도 몹시 밉다.'고 하면서 저를 미워하기도 했고, 또 어떤 이는 지방 고을을 다니면서 첫인사로 '게가 있느냐.'고 할 정도로 저를 반겨 맞아 주기도 했습니다.

죽어서는 비록 술안주가 되고 말지만, 제 정신만은 당당하게 옛 화가들의 붓끝에 살아 있곤 했습니다. 그래서 놀음판을 만나면 한바탕 재간

* 곽개사는 게의 별칭. 송나라 문헌에 '오줌 개사 곽 선생'이라 하였다.
* 까끄라기는 벼, 보리 따위 낟알 껍질에 붙은 깔끄러운 수염 또는 그 동강.

을 부리며 네 활개를 펼쳐 들고 춤을 추기도 한답니다."

곽개사는 자리 앞으로 나오면서 게딱지 갑옷을 등에 짊어지고 집게 두 팔을 창날처럼 휘두르다가 입으로 거품을 내뿜으며 사방을 둘러보았다. 눈알을 굴리며 손발을 흔들어 엉거주춤 절름거리며 앞으로 내닫다가 뒤로 물러서는 등 팔풍무八風舞를 추었다.

그러자 그의 무리 수십 명이 함께 따라나서 이리저리 엎치락뒤치락 일제히 율동을 같이 하면서 노래를 부르기 시작하였다.

물나라 굴속에 묻혀 살지만
불꽃 같은 기세는 호랑이와 다툰다네.
골격이 빼어나서 나라님께 바치고
문벌이 열 갈래라 이름도 많네.

용왕님네 귀한 잔치 못내 즐거워
손발을 들썩이며 게걸음 치네.
때로는 물속에서 외로이 놀다가
강기슭에 불 비치면 소스라쳐 놀라네.

은혜 갚음 아니지만 구슬 같은 눈물 흘리고
원수 갚음 아니지만 창을 가로들었네.
가소롭다 저 물나라 귀족들

쓸개 없다며 우리를 비웃네.

허나 우리야말로 군자들이니
노란 뱃속에 덕이 가득 쌓였고
착하고 장한 덕이 겉으로 풍기나니
구슬 같은 게거품은 향기도 좋구나.

아, 이 밤은 무슨 밤인가.
용궁에 잔치 열려 여기 왔으니
용왕님은 고개 들어 노랫소리 즐기시고
나그네는 흥에 겨워 이리저리 거니네.

신선들이 노니는 산엔 악기 소리도 좋구나.
신선들이 먹는 음식은 향기도 그윽하다.
산에는 개암나무요 골짜기엔 복령*이라
그리운 님의 은혜 진실로 잊지 못하리.

곽개사가 이렇게 노래 부르며 계속 왼쪽으로 돌다가 오른쪽으로 꺾어
지며 뒤로 주춤 물러서다 앞을 향해 내닫는다. 이것을 구경하던 온 좌석

---

* 복령은 공 모양 또는 타원형의 덩어리로 땅속에서 소나무 따위의 뿌리에 기생하는 버섯의 한 종류.

관중들은 저도 모르게 데굴데굴 구르며 허리를 끌어안고 웃어 댔다.

이 놀이가 끝나자 또 한 사람이 나서더니 스스로 현 선생*이라고 일컫는다. 그는 꼬리를 끌고 목을 가느다랗게 늘여 입김을 토하며 눈을 지그시 내리깔면서 앞으로 나서더니 자기소개부터 한다.

"저는 시초 떨기에 숨어 살고 연꽃 잎사귀 위에서 노는 한가로운 사람입니다. 낙수에서는 우임금이 치수 공사를 할 때, 글자 새긴 딱지를 지고 나가 우임금의 공적을 도왔고*, 청강淸江에서는 그물에 걸렸다가 원왕의 꿈속에 나타나 구원받기도 했습니다*.

비록 내장을 갈라 사람을 이롭게 할지언정, 껍질을 벗겨 내는 고통만은 견뎌 내기 어렵습니다. 장문중이라는 사람은 큰 거북을 보관하되, 기둥머리에는 산 모양을 조각하고 들보 위에는 수초를 그려 넣어 보물로 간직했습니다. 굳은 창자에 검은 갑옷까지 입었으며 가슴속으로는 장사의 기운을 토합니다.

진秦나라 사람 노오는 신선이 되어 나를 타고 바다를 건넜다는 말이 있습니다. 또한 진晉나라 모보라는 사람이 나를 살려 강물에 넣어 주니, 전투에 패해 투신하는 그의 군사를 살려 은혜를 갚은 일도 있습니다.

살아서는 세상에서 드물고 귀한 존재가 되었고 죽어서는 좋은 징조

* 현 선생은 거북의 별명. 옛날 장연이라는 사람이 술에 취해 누워 있는데 누군가 "동현 선생이 문밖에 왔다."고 하는 소리에 깨고 보니 자기 옆에 거북이가 있더라는 이야기가 있다.
* 중국 하나라 전설에 우임금이 치수 공사를 할 때에 낙수(洛水)에서 신령스러운 거북이가 나왔는데 그 등에 무늬가 있었다고 한다. 이를 낙서(洛書)라 한다.
* 《사기》에 "송나라 원왕 2년에 거북이 하수로 가던 도중에 그물에 걸렸는데 꿈속에서 왕에게 나타나 구원을 받았다." 하였다.

를 보여 주는 보물이 되었습니다. 이제 마음껏 노래 불러 몇천 년 동안 간직했던 심정을 풀어 보려 합니다.”

그는 그 자리에서 입김을 내뿜는데, 실오리 같은 입김이 솔솔 피어올라 높이가 백여 자나 되어 보이더니, 얼마 뒤에 들이마시니 자취없이 사라졌다. 또 목을 옴츠리며 네 발을 감추기도 하고 목을 쭉 늘이면서 머리를 쩔레쩔레 흔들어 보이기도 하였다. 이렇게 한바탕 재간을 피우다가 천천히 걸어 나오며 춤을 추었다. 혼자서 앞으로 나아갔다가 뒤로 돌기도 하면서 춤을 추며 다음과 같은 노래를 불렀다.

산에서 물에서 숨어 살아가네.
숨만 마시며 영원토록 살아가네.
천년 긴 세월에 온갖 시련 다 겪어서
꼬리가 열이나 되니 영험하기 짝이 없네.*

내 차라리 진흙 속에 파묻혀 살더라도
화려한 궁전 속에 갇혀 있기는 싫으니
연단술*은 모르지만 앞날을 내다보고
도를 닦지 않았어도 신령스럽기만 하네.

* 거북이는 백 년에 꼬리가 하나씩 생겨나서 천 년이 되면 꼬리가 열이 된다는 말이 있다.
* 연단술은 불로장생의 약이라 믿었던 단약을 만드는 기술.

하늘 높이 오르는 용왕님 조화를 축하하고
바다를 삼킬 듯한 선비 필력을 감상하네.
잔 들어 풍악 울려
한없이 즐기노니

해는 지려는데 바람이 일고
용이 날아오르려는 듯 물결은 굽이치네.
이렇듯 좋은 시절 다시 오기 어렵거니
마음도 애틋하여 가슴속 설레네.

노래가 끝나자 그의 율동은 더욱 황홀하여 뛰고 구르며 엎치락뒤치락하는 모습이 말로 표현할 수 없었다. 모든 이들이 박수갈채를 보냈다. 거북 춤이 이렇게 끝나고 나니 다음에는 나무귀신, 돌귀신, 산귀신, 물귀신들이 차례로 일어나 저마다 다양한 재주를 보여 주었다.

그들은 휘파람도 불고 노래도 하며 춤도 추다가, 악기도 두드리며 손뼉도 치고 뜀도 뛰었다. 저마다 생김새는 다르나 다 같이 소리를 맞추어 노래를 지어 부른다.

신비로운 용 못에서 놀다가
때로는 하늘 위로 날아오르니
아, 수없이 많은 세월 동안

부귀영화를 누리소서.

예절 갖추어 어진 선비 모셔 오니

의젓하고 갸륵하여 신선인 듯하네.

보아라 선비님이 지어 낸 상량문은

주옥을 다듬은 듯 한 꿰미 구슬일세.

다음에는 강의 신령들이 공손히 꿇어앉아 시를 쓰기 시작하였다. 첫째 좌석에서 조강신이 쓴 시는 이러하다.

강물이 흘러흘러 한바다로 모여들 때

물결은 넘실넘실 배 둥둥 띄웠더니

구름안개 걷히며 달은 지새고

밀물 소리 일어나며 바람 솔솔 불더니

따스한 햇살에 물고기 노닐고

진잔한 물결 위에 물오리 뜨네.

때로는 돌에 시달려 목메어 울었건만

오늘 밤 이 잔치에 온갖 시름 잊었네.

둘째 좌석에서 낙하신이 쓴 시는 이러하다.

온갖 꽃 흐드러져 꽃그늘 우거진데

잔치 속에 풍악 소리 들려오네.

휘장을 두른 곳엔 노랫소리 드높고

수정 구슬발 속에 춤 한결 흥겹구나.

성스러운 용왕께서 어찌 여기에만 계시겠는가

저기 저 선비님은 이 자리의 귀한 손님.

어찌하면 긴 밧줄로 지는 해 매어 놓고

즐거운 이 시절을 마음껏 놀아 볼까.

셋째 좌석에서 벽란신이 쓴 시는 이러하다.

용왕은 술에 취해 용상에 기댔는데

산골 안개 부슬부슬 해는 이미 저물었네.

흥겨워 추는 춤에 비단 소매 너울너울

구성진 노랫소리 궁전에 울려오네.

몇 해나 외로운 설움 겪었던가

오늘 함께 즐기며 술잔을 나누네.

세월은 가도 가도 가는 줄을 모르련만

지난날 세상일이 너무나도 바쁘네.

다 써서 용왕에게 드리니 용왕은 웃음을 띠고 읽은 다음 사람을 시켜 한생에게 보였다. 한생은 받아서 두세 번 읊고 나서 자기 역시 그 자리에서 시를 지어 잔치를 축하했다.

천마산 높고 높아 하늘에 치솟고
폭포는 드리워 허공에 떨어지네.
떨어져 그윽한 구렁을 가지고
굽이쳐 흐르며 강물을 이루었네.

물결 위엔 잔잔히 달빛 거닐고
연못 속엔 신비로운 용궁이 펼쳐졌네.
신통한 변화로 자취를 남기었고
허공에 날아올라 큰 공로 세웠구나.

구름 타고 하늘에 높이 올라선
번개를 재촉하여 비를 내리시더니
궁궐에 경사로운 잔치 베풀어
뜨락에 풍요로운 풍악이 울리네.

향기로운 안개는 찻잔에 서려 오고
보슬보슬 이슬은 연꽃 속에 내리네.

물속의 어족들이 모여 와 축하하고
강물 속 신령들도 다 모여들었구나.

신령한 이 세계는 어이 이리 황홀한가
신비로운 그의 덕망 깊고도 깊구나.
봄 마중 북소리는 꽃동산에 울리고
찬란한 무지갯빛 술잔에 드리웠네.

눈결같이 고운 과일 향기가 풍겨 오고
수정같이 맑은 음식 쟁반 위에 비치네.
진수성찬을 싫도록 맛보니
은혜를 뼈에 새겨 흐뭇함을 느끼네.

정녕코 이슬 정기 먹은 듯도 싶구나.
온전히 신선 땅에 이른 듯도 싶어라.
이 잔치 끝나면 이별이 기다리니
이 좋은 풍류가 한바탕 꿈이리라.

시는 여러 사람들 앞에서 읊어졌고 모두들 칭찬해 마지않았다.
용왕은 한생에게 고마움을 나타냈다.
"마땅히 비석에 새겨 두고 이 나라의 보물로 삼으리다."

한생은 절을 하고 일어서며 자기 소원을 용왕에게 말하였다.

"용궁의 성대한 잔치는 이만하면 마음껏 즐겼습니다. 이곳의 훌륭한 궁궐과 장엄한 경내를 두루 구경할 수 있겠습니까?"

"그야 되다뿐이리요."

한생은 용왕의 승낙을 받고 문을 나서며 주위를 둘러보았다. 하지만 여러 빛으로 구름이 겹겹이 싸여 있을 뿐 동서남북을 전혀 구별할 수 없었다. 용왕은 한생을 위해, 구름을 불어 날리는 임무를 맡은 신하를 불러 모조리 헤쳐 버리라고 명했다. 그러자 한 사람이 뜨락에 나서더니 입을 쳐들고 입술을 모아 한바탕 부는 것이었다.

온 하늘이 말끔해지면서 산과 돌과 바위 같은 것은 보이지 않고 오직 광활한 도시의 거리가 바둑판처럼 나타나는데 수천 리가 됨직하였다.

향기로운 꽃이며 아리따운 풀들이 줄을 지어 늘어섰는데 바닥에는 금모래를 깔아 놓았고 주위에는 금으로 쌓은 담이 둘러 있었다. 또한 궁전 복도를 비롯하여 뜨락 섬돌은 모두 파란 유리 벽돌로 꾸며져 있어 서로 비쳐 눈부시게 번쩍였다.

용왕은 사신 두 사람을 보내 한생에게 길을 안내해 주었다. 한생은 그를 따라 한 누각에 이르렀는데, 하늘에 조회하는 누각이라는 뜻의 조원루朝元樓였다. 순전히 수정으로 이루어진 누각이었는데 구슬과 옥으로 장식하고 금색 청색으로 무늬를 입혔다.

여기에 올라서니 마치 허공에 매달린 듯했다. 그 누각의 층수는 천 층이나 되었다. 한생은 끝까지 올라가 보고 싶었으나 사신이,

"용왕은 이 누각 상층까지 신통력으로 쉽게 오르시지만, 저희들도 끝까지는 다 올라가지 못합니다. 이 누각 상층은 하늘과 맞닿아 있는데 보통 사람들은 다다를 수 없습니다."

하는 바람에 칠 층까지 올라갔다가 도로 내려오고 말았다. 한생은 또다른 누각에 이르렀다. 여기는 능허각凌虛閣이라는 곳이었다.

"이 누각은 어떤 행사가 있을 때 씁니까?"

"이 누각은 용왕께서 하늘에 오를 때 쓰는 물건과 옷차림을 차리는 곳입니다."

"그럼 격식을 갖추는 데 쓰는 물건들을 구경할 수 있겠는지요?"

이렇게 청했더니 사신은 한생을 이끌어 한곳에 이르렀다. 거기에는 둥근 큰 거울이 하나 걸려 있어 번쩍번쩍 빛을 내고 있었다. 눈이 하도 부셔 바로 쳐다볼 수 없었다.

"이건 무엇에 쓰는 것인지요?"

"번개 치는 거울입니다."

그 옆에는 또 북이 매달려 있는데 큰 것과 작은 것들이 서로 보기 좋게 어울려 있었다. 북들을 보자 호기심이 생겨 한번 쳐 보려고 했더니 사신이 즉시 말리며 말했다.

"한번 치면 온갖 물건이 진동하여 벌벌 떨게 되니, 이것이 바로 우레(천둥) 울리는 북이지요."

또 옆에는 꼭 바람 내는 풀무처럼 생긴 물건이 있었다. 한생이 하도 신기해서 무심결에 손을 대려다가 사신의 주의를 받았다.

"한번 흔들면 산이 무너지고 돌이 나뒹굴며 큰 나무도 꺾이게 된답니다. 이것은 바람을 일으키는 주머니입니다."

또 다른 물건이 있었다. 그것은 꼭 먼지떨이와 비슷한 빗자루였는데 옆에는 물동이가 놓여 있었다. 한생은 이 비를 들고 시험 삼아 뿌려 보려고 하다가 역시 사신에게 제지를 당했다.

"이것을 한번 뿌리면 당장에 큰물이 나서 산을 파묻고 들을 덮습니다."

"그렇다면 왜 구름을 쓸어 없애는 기구는 설치하지 않았는지요?"

"구름은, 용왕님이 신통력으로 조화를 부리는 것이니 기구로 어떻게 할 수는 없지요."

"그럼 우레를 울리는 뇌공雷公과 번개를 치는 전모電母와 바람을 일게 하는 풍백風伯과 비를 내리는 우사雨師는 어디에 있는지요?"

"하느님께서 그들을 깊숙한 하늘 구석에 가둬 두고 자유로이 나다니지 못하게 합니다. 용왕이 나오시면 그들도 여기에 모입니다."

이밖에 많은 기구들이 있었지만 물어볼 수가 없었다. 이 누각 밖에는 또 긴 복도가 달렸다. 길이는 몇 리쯤 되어 보이고 문마다 용틀임이 달려 있는 자물쇠로 굳게 채워져 있었다.

"여기는 또 무엇 하는 곳인가요?"

"이곳은 용왕께서 사용하는 일곱 보배를 간직해 두는 곳입니다."

한생은 한참 동안 두루 돌아다녔지만 모든 것을 다 구경할 수는 없었다.

"이젠 그만 돌아갈까 합니다."

"그러시지요."

이리하여 한생은 발길을 돌렸으나 대궐 눈이 겹겹이 둘러싸여 어느 방향으로 나가야 할지 알 수 없었다. 간신히 사신의 뒤를 따라 돌아왔다.

한생은 용왕께 작별 인사를 드렸다.

"두터우신 은혜와 덕으로 아름다운 곳을 두루 구경하였으니 무어라 감사를 드려야 할지 모르겠습니다."

용왕은 산호 쟁반에다 어두운 곳에서도 빛을 낸다는 귀중한 보석인 야광주 두 알과 비단 두 필을 담아 선물로 주었다. 한생이 문밖을 나서자 강물의 신령 세 사람도 동시에 인사드리고 나왔다. 세 사람은 바로 수레를 타고 어디론지 떠나 버렸다.

용왕은 한생을 보내면서 두 사신에게 명령하여 산을 뚫고 물을 갈라내는 기구를 가지고 배웅하도록 했다. 사신 가운데 한 사람이 한생을 보고 말했다.

"제 등에 업혀서 잠깐 동안만 눈을 감고 계십시오."

한생은 하라는 대로 할 수밖에 없었다. 한 사람은 이상한 기구를 들고 앞길을 인도하였다. 마치 허공으로 올라가는 듯 바람 소리와 물소리만 끊임없이 들려올 뿐이었다. 문득 소리가 멎었다. 이 순간 한생이 눈을 번쩍 떴다. 정신을 차리고 보니 자기 집 방 안에 고스란히 누워 있을 뿐이었다.

한생은 너무나 이상하여 일어나 문을 열고 밖으로 나갔다. 하늘에는 별이 드문드문 보이고 동쪽이 훤히 밝아 오며 벌써 닭이 세 번이나 우는 새벽이었다.

급기야 생각이 나서 얼른 자기 품속을 더듬어 보니 용왕에게서 받은 야광주와 비단이 그대로 들어 있었다. 한생은 이를 상자 깊이 간직하여 진귀한 보물로 삼고 좀처럼 남에게 보여 주지 않았다.

한생은 아예 명예나 잇속을 탐낼 마음을 끊고 명산으로 들어갔다. 그 뒤 소식은 아무도 모른다.

2부
매화 그림자 달빛 아래 춤추네

산골 집을 지나며

산골 집 가을은 쓸쓸도 해라
앞뜰엔 후두둑 밤알만 떨어지네.
기장* 다 익으면 술을 빚고
배추도 자라면 안주로 삼세.

굶주린 새매는 가지 위에 우짖고
마른 송아지는 빈 들판에서 풀을 뜯네.
해 저물어 개 짖는 소리 들리더니
앞마을에 관리 놈이 지나가누나.

* 기장은 볏과의 한해살이풀. 이삭은 가을에 익는데 아래로 늘어진다. 열매는 엷은 누런색으로 떡, 술,
엿, 빵 따위를 만들 때 쓰인다.

농민들이 토란국을 끓이다

해마다 또 해마다 밭갈이만 하여도
절반은 세금 물고 절반은 빚 갚노라.

아내 자식 굶주려 울부짖는 건
오히려 참을 수 있다만
고을 관리 달려드는 성화는
내 진정 견딜 수 없어라.

소도 양도 다 팔아 바쳤으니
어디서 찾을 길이 있단 말인가.
닭도 개도 모조리 빼앗아 가리니
다시는 생각지도 말아야겠네.

궁전 안엔 진수성찬 쌓였거늘
토란국 이 좋은 맛을 그들이 어찌 알겠는가.

산골 농사꾼

물 건너 언덕 넘어 십여 리
저 산기슭에 오막살이 보인다.
소 모는 보습* 소리 하늘에서 들리는 듯
아마도 산밭에서 늦갈이 하는 것이리라.

해만 져도 범이 올까 사립문 닫고
느지막이 일어나선 고사리나 삶는구나.
이토록 산 깊고 물 깊은 곳이건만
가혹한 온갖 세금 면할 길 없구나.

산 밭에 새싹 나면 노루 새끼 뜯어 먹고
낟알을 베어 두면 새 쥐가 다 까먹네.
관가 세금 주고 나니 남은 것이 전혀 없어

* 보습은 농기구에 끼우는 넓적한 삽 모양의 쇳조각.

시달리던 빚 독촉에 황소마저 빼앗겼네.

농사짓는 사나이는 일 년 내 땀 흘리고
누에 치는 아낙네는 봄 한철 수고하건만
취하고 배부른 자 서울 거리에 가득 찼다
거리에서 만난 놈들 건달꾼이 분명하구나.

나리님이 어질다면 그래도 나을 것을
승냥이를 만났으니 너무도 가련하네.
아내 남편 이고 지고 온 길에 널렸구나
헐벗고 굶주림은 흉년 탓이 아니어라.

한 집에 열 식구가 올망졸망 자랐건만
자라나 장정 되면 하루도 집에 없네.
나라 부역 고을 부역 이리저리 끌려가고
나이 어린 아이들만 호미 메고 들 나가네.

일 년 농사 비바람에 고생도 많고 많아
관가 세금 물고 나면 남는 것이 그 얼마냐.
무당들은 굿하라 하고 중놈들은 시주하라 해.
내년 봄 먹을 양식 속절없이 줄어드네.

행여 이제는 새 임금을 만났으니

이 백성 사랑하여 좋은 법을 내리실까.

허나 앞잡이들 뇌물 먹기 좋아하면

백성들은 쓰러져 견디지 못하리라.

누에 치는 아낙네

지붕 머리 저녁볕은
꽃가지를 비춰 주네.
빙글빙글 도는 물레
눈결 같은 실을 뽑네.

고운 단장 숙인 얼굴
가득한 수심은 무슨 일인가.
이 실을 다 뽑은들
관가 세금 주고 나면.

가뭄을 한탄하다

하늘도 무심하다
백성이 무슨 잘못인가.
그 옛날에 칠 년 장마 있었다더니
이 세상에 구 년 가뭄 다시 보는구나.

타는 듯 초목도 말라 시들고
끓는 듯 강물도 잦아만 드네.
애달파 구름만 쳐다보는데
창창한 하늘아 언제 비를 내려 줄 테냐.

여기저기 가래* 연장 팽개쳐 두고
마을마다 고기잡이 앞을 다투네.
넓은 들판 소 염소도 굶주릴 형편

* 가래는 흙을 파헤치거나 떠서 던지는 기구.

사람 집 개돼지는 씨가 말랐네.

오월이라 명주 길쌈 품팔이하고
초가을 나물 뜯어 끼니를 하네.
필연코 나라 정치 잘못했나니
하늘은 어이 그리 무심한가.

그놈이 그놈이다

창과 칼을 멘 파수병 놈
큰 갓 뒤집어쓴 한 무리 삼백 명
보아라 솔개와 독수리처럼
소리소리 지르며 날쌔게 날아든다.

빙빙 돌아 골목길에 휘몰아치더니
덥석 발톱으로 움켜 채는구나.
내 이 틈에서 시달려 가며
근근이 몇 해를 견뎌 왔던가.

대낮에도 함부로 날뛰고 들며
포악한 짓 조금도 양보 없구나.
뭇 새들은 떼를 지어 뒤를 따르며
백성들의 지붕을 쪼아 넘기네.

굴속의 여우마저 무슨 일인가

앞뒤를 다투어 싸다니는구나.

얄미운 쥐새끼도 그 틈을 노려

구멍을 드나들며 담벽을 허무네.

오는 놈 가는 놈 그놈이 그놈이요

여기나 저기나 모조리 난장판

한다 하는 자도 제 몸이나 빼려고

어물어물 바보 시늉을 하네.

악독한 무리들을 해치*인들 골라내랴

간사한 무리들을 지녕초*인들 구별하랴.

어허 가련한 건 백성들뿐이구나.

모르겠노라 이 세상에서 어이 살아간단 말인가.

생각만 하여도

하염없이 눈물만 쏟아지는구나.

* 해치는 '해태'의 본딧말로 사람의 옳고 그름을 가리는 재주가 있다고 한다.
* 지녕초는 요임금 때 조정 뜰에 났다고 하는 풀. 간사한 사람을 보면 줄기를 구부려 가리켰다고 한다.

쥐를 재판하노라

아무리 밉다 한들 쥐처럼 얄미우랴
너 진정 내 원수로구나.
뒤주 안 낟알을 훔쳐 내고
시렁* 위 항아리 뒤엎는다.

그 옛날 누구는 너보고 한숨짓고
쥐해에 난 사람은 존대하였다지만
한숨도 존대도 다 그만두고
재판에 회부하런다.

* 시렁은 물건을 얹어 놓기 위해 선반처럼 만든 것.

딱따구리

딱따구리 딱따구리 너 무슨 궁상이냐.

앞뜰 나뭇가지 쪼는 소리 딱따굴

쪼다가 모자라서 구슬피 울다

사람이 두려운지 먼 산으로 날아가네.

깊은 숲속 고요 속에 소리 더욱 요란하구나

가지 위의 뭇 벌레가 그 얼마나 질렸으랴.

좀도 많고 벌레도 많아 네 배를 다 채우니

좀벌레 없애 치운 네 공로 장하구나.

백성들을 해치는 이 세상 좀벌레

천도 만도 더 되어도 쫓는 사람 전혀 없네.

너 아무리 주둥이로 나무좀은 해치워도

인간 좀벌레야 어찌 다 없앨 것인가.

가을 강

마름*이랑 갈대가 우거지고
호숫가에 잎도 지는 가을이구나.

저녁볕 등지고 고깃배 돌아온다
어기여차 뱃노래도 드높이.

끝이 없이 푸른 물은 맑고도 얕은데
먼 포구에는 저녁노을 사라진다.

얼씨구 좋구나 조각배 띄워라
오르락내리락 노 저어 가네.

*마름은 진흙 속에 뿌리를 박고 물에 떠서 자라는 한해살이풀.

메밭

돌밭이라 바위도 많구나.
높낮이 언덕에 줄기가 절반
땅이 메말라 잡풀만 우거지고
비탈진 이랑엔 뿌리를 못 내리네.

굶주린 까마귀 가지에서 우짖고
뼈만 남은 송아지 산비탈에 누웠네.
이다지도 깊고 깊은 산골이니
해마다 세금이나 면제해 주렴.

죽순 껍질로 신을 삼아 준 이에게 사례하여

삼실* 꼬아 신날* 넣고 죽순 껍질 신총* 내어

가볍고도 단단하니 보기에만 좋겠는가.

산을 넘고 들을 건너 떠다니는 나의 인생

일생 동안 신은 신이 몇 켤레나 되었던가.

험하고 머나먼 길 끝없이 가는 길에

짚신을 준다 한들 그 아니 고마울까.

둥글납작 반달 같은 고운 맵시

찬 겨울에 신틀* 차려 삼아 낸 신이네.

무늬도 아롱지고 씨날도 촘촘하다

이모저모 만져 보니 차마 발에 신겠는가.

* 삼실은 삼 껍질에서 뽑아낸 실로 베실을 말한다.
* 신날은 짚신이나 미투리 바닥에 세로로 놓은 날.
* 신총은 짚신이나 미투리 앞쪽을 이루는 낱낱의 올.
* 신틀은 미투리나 짚신을 삼을 때 신날을 걸어 놓는 틀.

내 이제 서쪽으로 산을 넘어가려 하나
돌부리에 발이 찢겨 올라가기 어려우리.

고마워라 그대 선물 이 신 한 켤레
황금 쟁반 준다 한들 이보다 기특하랴.
흰 버선 푸른 행전* 죽순 신 신고 나면
험하고 높은 고개도 힘 안 들고 넘으리라.
소원을 풀어 준 그대 정을 잊겠는가.
일생을 같이할 의형제를 맺어 보세.

---

* 행전은 바지나 고의를 입을 때 정강이에 감아 무릎 아래에 매는 물건.

백률계에 보내다

옛사람은 계를 향도*라고 일컬었고

먼 옛날엔 난정계*도 스스로 즐겼다오.

생사고락은 현실에 달렸으니

이 세상 인연을 부처 섬겨 무엇 하리.

꽃 시절에 술 있으면 주고받고 전하며

근심 생겨 돈 없으면 함께 모아 도우리.

이 나라 풍속이 순박하고 두터우니

그 나머지 잡일이야 알아 무엇 하리오.

* 향도(香徒)는 신라 시대 화랑을 일컫는 이름이었으나 그 뒤에 생활 문제를 해결하려고 만든 모임을
  계, 또는 향도라고 하였다.
* 난정계는 진나라 때 왕희지가 절강성 난정(蘭亭)이라는 정자에서 벗들과 함께 만든 모임.

산골 개가 저물녘에 짖는다

컹컹 바위 굴속에서 개가 짖는데

구름은 흩어지고 소나무 문가에 저녁 해 비꼈구나.

개도 생각 있어 제 자취를 감췄거늘

세상 사람 어이하여 싸움질을 못 피할까.

삽석연*을 지나다가 주인에게 드리노라

그대 아니 보았는가

평양성 서쪽 푸른 바다 기슭

깎아지른 돌벼랑이 병풍처럼 솟은 것을.

세찬 물굽이 울며 가는 여울물

옥구슬 울리는 듯 풍악을 아뢰는 듯.

또 아니 보았는가

갈대 우거진 바닷가 기름진 들판

자라나는 봄 곡식과 무르익은 가을 벼를.

팔구월 추수하여 옥 같은 쌀 쓸어 내면

그 쌀로 밥을 지어 첫술 들어 맛을 보고

집집마다 술 빚으니 그 술맛은 감주로다.

술독마다 조록조록 술 거르는 소리 나고

* 삽석연은 평양성 서쪽에 있는 포구.

취흥에 낚싯대 들고 강기슭에 앉았으니
바닷가 어부 노릇 신선이 분명하다.

어기여차 뱃노래에 노 저으며 떠나가니
까마득한 수평선에 하늘빛이 드리웠네.
바닷물 얼어들어 고기 아니 물어도
두둥실 떠나던 배 달빛 안고 돌아오네.
즐겁구나 그대 인생 선경仙境이 이곳이니
저 세상 부귀영화 부질없는 일이구나.

여강*의 어부에게

여강의 저 물이여 맑고도 맑구나

물결조차 고요하니 하늘을 담은 듯

아득한 갯가엔 아지랑이 비꼈는데

구성진 뱃노래 그 속으로 울려 가네.

강물에 노을 비쳐 먼 산도 보랏빛 같고

푸른 물결에 해 저무니 고기비늘 번쩍이네.

도롱이에 삿갓으로 앉아 있는 저 낚시꾼

순박한 그 모습 한없이 예스럽네.

나라의 흥망성쇠 내 알 바 아니라

달 밝은 밤 푸른 물에 삿대질하네.

모래톱엔 부들이 아득히 펼쳐 있고

* 여강은 검은 말을 닮은 강이라는 뜻으로 남한강 물줄기를 뜻한다.

수양버들 여울목은 잉어의 낚시터라.

헛된 생각 다 끊으니 고기 새우 벗이 되고
출렁이는 저 강물이 제집 되었네.
도도한 그 기세로 바다에 들어가니
넓고 넓은 온 천지가 한 손 안에 잡힐 듯
저기 저 낚시꾼아 어디 말 좀 나눠 보세.
세상의 공명도 다 헛된 일이네.

부벽루

층층대 굽이돌아 오르니 천 길이고

다락 위층 높디높아 까마득히 백 척이네.

홍기와 청기와는 아롱아롱

푸른 물 기슭에 넘실넘실

경치는 여전하나 내 머리 백발이고

강산은 무심하나 이내 마음 유정하네.

서녘에 지는 햇빛 나그네 시름인가

창공에 돋는 달빛 이내 마음 씻어 주네.

이제야 올라 보니 감흥도 새로워라

저녁 까마귀 느닷없이 숲속에서 지저귀네.

상원폭포

한 줄기 은하수 푸른 하늘에 드리우니
구슬을 날린 듯 그 소리 아름답다
청천벽력은 찬비를 몰아오고
평지 파도엔 늦바람 이는구나.

깊은 밤에 잠든 용은 좋은 꿈에 놀라 깨고
첫새벽에 산 귀신은 갈 길 몰라 울부짖네
하늘에서 달이 지니 원숭이 울어 대고
귀에 익은 물소리 돌부리를 스치네.

3부

백성보다 더 귀한 것은 없나니

먼저 백성을 생각하라

愛民義

《서경》에 "백성은 나라의 근본이니, 근본이 단단해야 나라가 편안하다."는 말이 있다. 대체로 백성들이 군주를 받들며 사는 것은 군주의 힘으로 도움을 받기 때문이고, 군주가 자기 자리를 지킬 수 있는 것은 백성이 있기 때문이다.

민심이 따르면 아주 오랜 세대에 걸쳐 군주 노릇을 할 수 있으나 민심이 떠나면 하룻밤을 넘기지 못해 평민이 되고 만다. 군주와 평민 사이가 털끝만 한 차이도 없는 것이다. 이 어찌 삼가야 할 일이 아니겠는가.

나라 창고에 쌓인 재물은 모두 백성들이 마련한 것이다. 윗사람들의 옷과 신발은 백성들의 살가죽이며, 음식 요리는 백성들의 기름이다. 궁전과 수레도 백성들의 힘으로 이룩된 것이며, 세금과 공물, 그리고 모든 용품도 죄다 백성들의 피땀으로 만들어진 것이다.

백성들이 소득의 십분의 일을 세금으로 나라에 바치는 것은, 군주가 총명과 지혜를 다해 백성들이 잘살 수 있도록 다스려 주기를 바라는 마음 때문이다.

그렇기 때문에 군주는 음식을 대할 때면 백성들도 나처럼 먹고 사는가를 생각해야 한다. 그리고 옷을 입을 때도 백성들이 나처럼 입고 사는가를 생각해야 하며, 심지어는 대궐에 머물 때도 모든 백성들이 누구나 다 집을 지니고 안정된 생활을 하는가를 생각해야 한다. 또한 수레를 타고 외출할 때도 만백성들이 평화롭게 사는가를 생각해야 하는 법이다.

그러기에 "너의 옷과 너의 밥은 백성들의 고혈이다." 한 것이다. 일상생활에서 자기 한 몸을 봉양하도록 한 것도 미안하게 여겨야 할 텐데, 어찌 무익한 토목공사를 일으키고 백성들을 대중없이 동원하여 농사지을 여유도 주지 않는단 말인가.

또한 만백성의 원성을 불러일으켜 화목한 분위기를 해치고 자연재해에 대한 아무런 대책도 세우지 않아 백성들을 굶주림에 직면하게 한단 말인가. 그리고 마침내는 선량한 백성들이 부모 자식 사이에도 서로 목숨을 보전하지 못하고 사방으로 떠돌다가 마침내 시궁창 구렁텅이에 엎어져 죽도록 만든단 말인가.

먼 옛날에는 군주와 백성이 한 몸이 되어 군주의 권력이 어떠한 것인지 백성들은 알지 못했다. 이런 시대의 민요를 보라.

우리 만백성을 먹여 살렸네.
이는 모두 님이 주신 은혜로구나.
아느냐 모르느냐 그냥 그대로
님이 가는 그 길을 따를 뿐이네.

또 백성들이 하는 이야기에도, "해가 뜨면 일하고 해가 지면 쉬노라. 제왕의 권력이 우리에게 무슨 상관이더냐." 했던 것이다. 그런데 후세에 와서는 폭군들이 가혹한 정치를 베풀어 백성들의 원망 소리가 자자했다.

썩은 새끼줄로 여섯 마리 말을 모는 듯하네.
원망 소리가 일어난 뒤라야 한단 말인가.
일어나기 전부터 대책을 세워야지.

이런 가요들이 있었는가 하면 "이 해가 언제나 없어질 것인가. 나는 너와 한꺼번에 없어지리라."*는 백성들의 저주도 있었다. 그런데도 술로 연못을 만들고 고기를 산더미처럼 쌓아 놓고 밤낮없이 취하도록 마시며 겨울 아침에 강물을 건넜다고 하여 무고한 사람의 발을 자르고 임신한 여인의 배를 가르면서도* 대수롭지 않게 여겼다.

더욱이 전국시대에는 강한 놈이 약한 자를 삼키고 엎치락뒤치락 싸움을 계속 일으켜 죄 없는 백성을 강제로 동원하여 죽음의 구렁텅이로 몰아넣었다. 이것만도 심한데 어찌하여 진나라와 한나라 이후로는 불교니 도교니 하는 황당무계한 말들을 퍼뜨리게 되었단 말인가. 이것이 날로 늘어나고 달로 성행하자 궁궐과 사원의 제사에 드는 비용이 백성들을 한층 더

---

* 중국 하나라 걸임금이 자신을 해에 비유하자 백성들이 그의 폭정을 견디다 못해 지은 시다.
* 중국 은나라 주임금은 겨울 아침에 강물을 건너는 사람의 발은 이상한 발이라고 하여 그 사람의 발을 자르고, 임신부의 배가 이상하다고 하여 그 배를 가르는 흉악한 짓을 많이 저질렀다.

못살게 굴었다.

따라서 백성들의 살림은 날로 힘들어졌으니, 그중에서도 산골 벽촌의 가난한 백성들은 제 한목숨도 지켜낼 방법이 없었다. 마침내 사방으로 도망쳐 자취를 감추거나 거지 차림의 비렁뱅이 생활을 차라리 낙으로 여기게 되었다. 이러고서야 이른바 군주라는 자가 누구와 더불어 나라를 다스린단 말인가.

그러므로 군주가 나라를 다스리려면 무엇보다도 먼저 백성을 사랑하는 것으로 기본을 삼아야 한다. 백성을 사랑한다는 것은 요약하여 말하면 어진 정치를 베푸는 것이다. 어진 정치를 베풀려면 어떻게 할 것인가? 공연히 틀만 차리고 앉아서 인자한 정치를 하는 듯이 허풍만 치는 것도 아니고 덮어놓고 쓰다듬고 어루만지는 것도 아니다. 오직 백성들에게 농사일과 누에치기를 권하여 본업에 정성을 다하도록 할 따름이다.

그럼 어떻게 권유할 것인가? 까다로운 지시나 명령을 번거롭고 혼잡하게 내려, 아침마다 시끄럽게 떠들고 저녁마다 두들겨 패라는 것이 아니다. 세금을 줄이고 부역을 줄여 백성들이 농사지을 시기를 빼앗지만 않으면 된다.

그래서 옛 성인도《춘추》를 지을 때, 궁궐을 짓거나 성곽을 쌓는 일에 대해서는 반드시 그 시기를 밝혀 써 두었다. 이는 백성들을 괴롭게 하는 것이 얼마나 중대한 일인지를 후세 군주들이 깨닫도록 하기 위함이다.

동물보다 백성이 먼저니

愛物義

어떤 이가 "동물을 사랑하는 방법이 무엇인가?" 하고 묻는다면 나는 다음과 같이 말할 것이다.

동물을 사랑하는 방도는 각각 그 본성을 이루어 줄 따름이다. 《주역》에 이르기를 "천지의 큰 덕은 생生, 곧 낳는 것이다." 하였다. 대체로 낳고 낳는 것은 천지의 큰 덕이고, 살려고 하는 것은 동물의 본성이다.

그러므로 동물이 살려고 하는 본성에 근거하여 낳고 낳는 천지의 큰 덕에 일치하게 하는 것이다. 즉, 동물이 각각 그 본성을 발휘하여 광활한 대자연 속에서 자라나게 할 뿐이다.

다시 한번 자세히 말해 보자. 인간과 동물은 함께 천지 대자연 속에서 자라난다. 따라서 인간은 우리의 동포이며 동물도 우리와 같은 생물이다. 인간은 최고로 발전된 동물이고 동물은 그다음이다. 군자는 인간에 대해서 사랑하기는 하나 보호할 정도는 아니다. 동물에 대해서는 보호하기는 하나 사랑하지는 않는다.

그 보호하는 예를 든다면, 지나치게 눈이 작은 그물을 강물에 치지 않고 산의 나무를 무턱대고 베지 않는다. 자랄 만큼 자라지 않은 생선은 시장에서 팔고 사지 않으며 새끼와 알은 취하지 않고 그물을 늘이되 유익한 새들은 잡지 않는다. 낚시질은 하더라도 되도록이면 그물질은 삼가며 알을 품은 새는 쏘아 잡지 않는 것들이 그것이다. 《시경》에 "저 무성한 갈대밭에 한 번만 쏘아 다섯 마리를 잡으니, 어허 추우*로구나." 한 것도 이를 두고 한 말이다.

동정하지 않는 예로는, 순임금이 신하인 익에게 산과 늪에 불을 질러 호랑이, 표범, 물소, 코끼리 따위를 몰아서 쫓아 버리게 한 것을 들 수 있나. 또 봄에는 신 사냥, 여름에는 들사냥, 가을에는 범 사냥, 겨울에는 곰 사냥을 하는 것과 닭, 돼지, 개들을 제때에 길러서 노약자들의 고기반찬으로 한 것이 그것이다. 《주역》에 "그물을 마련하여 들사냥도 하고 고기잡이도 한다." 한 것은 이를 두고 한 말이다.

따라서 군자는 말한다.

"가축을 기르는 것은 노약자나 병든 자를 봉양하기 위한 것이요, 고기 잡고 사냥하는 것은 잔치나 제사를 풍성하게 차리기 위한 것이다. 다만 경우에 따라 적절하게 할 것이니, 동물을 보호한다고 해서 덮어놓고 죽이지 않는다거나 또는 죽이되 씨도 남기지 않고 모조리 죽이려고 해서는 안 된다."

그렇기 때문에 한 달 남짓 사냥질을 다니면서 돌아오지 않던 태강의 지나친 행동은 백성들의 원성을 샀으며 불까지 지르면서 뭇짐승의 씨를 말

---

* 추우는 신령스러운 상상의 짐승. 흰 바탕에 검은 무늬와 긴 꼬리가 있으며, 생물을 먹지 않고 살아 있는 풀을 밟지 않는 동물로, 성인의 덕에 감동하여 나타난다고 한다.

리넌 태숙의 사냥질은 백성들의 조롱을 받았던 것이다. 기어코 이처럼 잔인하고 혹독하게 할 것이 무엇인가.

백성을 위해 폐해를 제거하는 것은 백성에게 이익을 주는 것이다. 그러기에 먼저와 나중을 말할 때는 "먼저 백성을 사랑하고 뒤에 동물을 보호하라."고 하였으며, 가벼움과 무거움을 따질 때도 "사람은 다치지 않았느냐고 하시고 말이 어떻게 되었는가는 묻지 않으셨다." 한 것이다. 이것이 군자로서 동물을 보호하는 원칙이다.

어떤 이가 "불경에서는 '생물을 죽이지 말라.'고 가르치는데 이 또한 매우 선한 일이 아니겠느냐?" 물을지도 모른다. 그러나 아니다. 새나 짐승을 죽이는 것은 다만 백성을 위해 폐해를 없애 백성을 먹여 살리기 위한 것이다. 지금 백성들을 사람끼리 서로 잡아먹어야 할 형편에 빠뜨려 놓고는 말로만 "생물을 죽이지 말라."고 한다면 이 무슨 턱없는 수작이란 말인가.

신하의 자리도 하늘이 낸다

人臣義

《서경》에 이르기를 "팔다리가 있기에 사람이요, 충신이 있기에 성군이라." 하였다. 나무가 곧다 해도 반드시 먹줄*을 맞은 다음에야 재목이 되며 옥이 아름답다 해도 반드시 갈고 다듬은 다음에야 그릇이 되는 법이다.

요임금이 요임금이 된 것도 틀림없이 희씨와 화씨의 도움이 있었기 때문이며, 순임금이 순임금이 된 것도 또한 악관과 목관*의 힘을 입은 까닭이다. 심지어는 탕임금도 이윤*이 있어 거룩한 덕망을 이룩하였고 문왕과 무왕도 주공과 소공이 있어 건전한 바탕을 이룩할 수 있었다.

그러므로 군주와 신하의 관계는 용과 구름이나 고기와 물과의 관계와 같아서 군주와 신하가 서로 의지하여 도와준 뒤에야 국가를 보전할 수 있는 것이다.

그러나 요, 순 같은 임금이 있어야만 희씨, 화씨, 악관, 목관 같은 인재를 알아보며 희씨, 화씨, 악관, 목관 같은 신하가 있어야만 요, 순 같은 임

---

* 먹줄은 먹통에 딸린 실이나 줄로, 목재에 검은 줄을 곧게 치는 데 쓴다.
* 악관은 사방의 산악을 맡은 벼슬아치고, 목관은 각 지방을 맡은 벼슬아치. 《서경》에 순임금의 신하로 악관과 목관이 있었다고 한다.
* 이윤(伊尹)은 중국 은나라의 이름난 재상으로 탕임금을 도와 하나라를 멸망시켰다.

금을 받들 줄 아는 것이니, 둥근 구멍과 모난 자루는 서로 맞을 수 없으며 고상한 음악과 음란한 음악은 서로 어울릴 수 없는 것이다.

서로 맞아야만 하기 때문에 "신하여, 방조자여, 내 잘못이 있으면 네가 도와야 한다." 하였고, 서로 어울려야 하기 때문에 "만일 국을 끓인다면 너는 간이 되라." 하였다.

그러므로 군주와 신하는 서로 일체가 되어 오직 나라를 위해 일하며 나랏일이 잘되도록 다스려 공동 목적을 이룰 수 있다. 이렇기 때문에 신하 노릇도 쉬운 것은 아니다.

그런데 후세의 어리석고 악한 군주들은 신하를 지푸라기같이 여기며 개돼지처럼 여긴다. 그렇기 때문에 신하들도 군주를 원수처럼 여기며 지나가는 나그네같이 대한다. 그래서 허물이 있으면 부추기고 남다른 사랑을 입으면 아첨하여 군주의 비위를 맞춘다. 군주의 잘못을 키워 갈 뿐이요, 군주를 도와 충성을 다하지 않는다. 허물을 고쳐 주고 미덕을 기르며 악행을 바로잡아 서로 복을 누리며 하늘의 뜻을 유지하지 못하니 참으로 애석한 일이다.

아, 금으로 만든 관과 관리들의 옷은 비록 군주가 주는 것이나 이는 곧 하늘이 너에게 주어 네 몸을 거두면서 군주를 돕게 한 것이다. 벼슬과 녹봉*과 토지도 비록 군주가 주는 것이나 이 또한 하늘이 너에게 주어 네 생활을 유지하면서 백성들을 구원하라는 것이다.

* 녹봉은 벼슬아치에게 일 년 또는 계절 단위로 나누어 주던 금품을 통틀어 이르는 말.

뿐만 아니라 살리고 죽이며 주고 빼앗으며 상 주고 벌주며 화 되게 하고 복되게 하는 힘도 언뜻 보아 군주의 특권인 듯하나 이도 곧 떳떳한 하늘의 명이다. 때문에 《시경》에서도 "하늘의 힘을 두려워하라. 그리하여 하늘의 명령을 보전하라." 하였다.

이는 비단 오랜 세대의 군주만 교훈으로 삼을 것이 아니라 신하된 자도 거울로 삼아야 할 것이다. 어째서 그런가? 몸과 팔다리는 한 덩어리라고 하지 않았던가.

역사를 더듬어 보건대 옛날과 지금을 통하여 간악하고 교활한 신하치고 군주에게 아첨하여 자기 나라를 멸망케 한 자들은 누구보다도 그 자신이 먼저 살해되지 않은 예가 없었다. 이 어찌 각성해야 할 일이 아니겠는가. 이 어찌 경계해야 할 일이 아니겠는가.

어찌 인재가 드물다 하랴

人才說

인재는 나라의 기둥이며 주춧돌이다. 그러므로 나라를 다스릴 때는 인재를 선발하는 것을 기본으로 삼아야 하며, 사회를 올바른 방향으로 이끌 때도 인재를 기르는 일을 가장 서둘러야 한다.

하늘이 인재를 아낄 리 없고 세상에 인재가 모자랄 리 없지만 때를 만나지 못하면 제아무리 뛰어난 인재라도 등용되기 어렵다. 그리고 비록 때를 만났다 하더라도 자기 문제를 자기 스스로 해결하기는 어려운 일이다.

지난날의 역사를 더듬어 보면 이를 또렷하게 알 수 있다. 주나라가 쇠약할 때 공자와 맹자는 거룩한 성인이었지만 사방으로 떠돌면서 심한 모욕만 당하다가 마침내 길거리에서 늙어 죽었다.

서한西漢 때의 동중서는 절개와 의리를 지켰으나 뜻을 펴지 못했으며, 가의도 간절한 바람을 이루지 못하고 마침내 쫓겨났다. 동한東漢의 어진 선비들은 모두 당고의 화*를 입었으며, 진나라의 재주 있는 선비들도 다투어 은퇴하고 말았다.

---

* 중국 후한의 환제, 영제 때에 환관들이 정권을 장악하여 국사를 마음대로 하자 학자들과 태학생들이 환관들을 탄핵하였으나, 도리어 환관들이 이들을 종신금고에 처하며 벼슬길을 막아 버렸다.

당나라의 한유는 스스로를 맹자에 비했으나 결국 남국으로 유배되었다. 송나라의 학자들도 성현의 학문을 닦아 끊어졌던 전통을 이었지만 뜻을 실현하지 못했을 뿐 아니라, 심지어 비석에 누명이 새겨져 모욕을 당하기도 했다. 이는 모두 인재가 때를 만나기 어렵다는 것을 뜻하는 것이지, 원래 세상에 인재가 적게 태어난다는 것을 뜻하는 것은 아니다.

　아, 나무를 다루는 목수가 재목의 좋은 점을 살려 쓸 줄 안다면 큰 재목은 들보나 기둥감으로 쓰고, 작은 재목은 서까래, 문지도리, 문설주, 도리받침 따위로 쓸 것이다. 조그마한 소나무 한 대, 널 한 쪽까지도 쓸 만한 것은 모조리 훌륭한 재목으로 쓸 것이다.

　또한 환자를 치료하는 의원이 증세에 알맞게 약을 쓸 줄 안다면, 약재를 다룰 때 뭉개서 환약도 만들고 썰어서 탕약도 지으며 갈아서 가루약도 만들 것이다. 붉은 천마, 푸른 지초뿐 아니라 말과 소의 오줌똥이며 말라오그라든 가죽과 들판에 버려진 잡초더미까지도 이모저모 좋은 약으로 이용할 수 있을 것이다.

　나라의 임금 된 자가 참으로 좋은 정치를 베풀려면 인재의 재능을 살펴 적당한 임무를 맡긴다면 위로는 정승 판서가 되고 아래로는 관청의 관원이 될 수 있다.

　서 밭갈이하는 농부와 오지그릇 굽는 토기장과 고기잡이하는 어부와 토끼를 잡는 사냥꾼, 소 먹이는 초동, 목부뿐 아니라 칼잡이와 백정까지도 모두 훌륭한 인재가 될 것이다. 어찌 세상에 인재가 적다고 걱정할 수 있겠는가.

만일 그렇게 하지 못한다면 제아무리 어질고 거룩한 인물이라도 지방에 파묻혀 있거나 낮은 벼슬에 얽매여 스스로 떨쳐 일어서지 못하고 말 것이다. 기껏해야 악기나 두드리고 무용복을 갈아입고 광대놀이나 하면서 나라의 인재 정책에 대해 불평이나 할 것이다. 그리고는 창이나 칼을 휘두르며 귀족의 문간에서 망지기 노릇이나 하는 자기 신세를 한탄할 것이다.

이러고서야 어찌 드넓은 조정에 진출하여 좋은 기운을 일으켜 평생 동안 품었던 포부와 이상을 실현할 수 있단 말인가.

재정을 다스리는 법

生財設

.

예나 지금이나 인간 사회에서 해서는 안 될 것을 억지로 하는 일이 있다. 이는 한때의 개인적인 이익 때문이니 이러한 일을 하면 실패하기 쉽다. 또한 마땅히 해야 할 것으로서 순조롭게 이루어지는 것이 있다. 이는 역사의 경험에서 공인된 정당한 사업이다. 그럼에도 이를 실행하지 않는 것 또한 개인의 이기적인 사리사욕이 가로막기 때문이다. 그러나 이러한 일은 하기만 하면 성공하기 쉽다.

실패하기 쉬운 일은 바로잡아 주려고 해도 구원하기 어렵고, 성공하기 쉬운 일은 쌓은 수고가 헛일이 되지 않는다. 실패하기 쉬운 일은 처음에는 무척 마음이 쏠리는 듯하지만 뒤에는 반드시 한 사람의 욕망도 채우지 못한다. 성공하기 쉬운 일은 처음에는 비록 실제 사정에 어두워 하기가 힘들더라도 뒤에는 반드시 그 뜻을 이루게 된다.

백성의 재물을 탐내 함부로 거둬들인다면 이는 타인의 소유를 강제로 빼앗는 것이니, 사람들의 원한을 불러일으켜 마침내 망해 없어지는 결과를 낳는다. 반대로 어진 정치로 재물을 다루면, 자기 마음을 미루어 백성의 바람을 충족시켜 줄 것이기 때문에 혜택이 널리 퍼져 쌓은 수고가 헛

일이 되지 않는다.

성공과 실패의 근원은 옳은 것과 그른 것, 공적 이익과 사적 이익의 사이에 있고, 선과 악의 발단은 티끌만 한 차이에서 시작된다. 한번 생각을 잘못하면 몹시 엄한 결과를 빚어 낼 것이니 어찌 삼가지 않겠는가. 삼가는 방법은 오직 자기 마음을 미루어 남의 사정을 살피는 데 있다.

사람이라면 누구나 다 살림살이를 늘리고 싶어 할 것이니, 이러한 마음을 헤아려 백성들을 대하면 백성들도 이러한 마음으로 윗사람을 받들 것이다. 사람이라면 누구나 다 자기에게 이익이 되는 것을 희망할 것이니, 이러한 마음을 헤아려 백성들에게 미친다면 백성들도 이러한 마음으로 윗사람을 도울 것이다.

이쪽에서 은혜를 베풀면 저쪽에서도 친절한 마음씨로 응대할 것이요, 이쪽에서 사납고 악하게 굴면 저쪽에서는 응어리진 마음으로 응대할 것이다. 은혜를 친절로 갚고 악함을 원한으로 갚는 것은 당연한 이치니 조금도 잘못된 것으로 볼 수는 없을 것이다. 나라의 임금 된 자가 이 이치를 이해한다면 나라의 재정을 다스리는 방향이 설 것이다.

《대학》에 "재정을 다스리는 데는 큰 방법이 있으니 생산자가 많고 소비자가 적으며 생산 속도가 빠르고 소비 기준이 낮아지면 재정이 언제나 넉넉할 것이다." 하였다.

이 네 가지 가운데 유일한 방법은 한마디로 말해서 '인仁' 곧 인간을 사랑하는 문제다. 인간을 사랑하는 마음으로 아랫사람을 가르치면 백성들이 제가끔 안심하고 자기 일에 열중할 것이다. 이렇게 되면 놀고먹는 자가 줄어들고 생산에 참여하는 자가 많아질 것이다.

인간을 사랑하는 마음으로 아랫사람을 부리면 신하들이 저마다 힘을 다 바쳐 일할 것이므로 간사함과 교활함, 그리고 속임수가 저절로 없어질 것이다. 이렇게 되면 자리만 탐내 허깨비 노릇 하는 자가 줄어들고 따라서 소비자가 적어질 것이다.

인간을 사랑하는 마음으로 백성을 다스리면 불필요한 토목공사를 일으키지 않아서 번잡한 부역이 없어질 것이고, 백성의 것을 빼앗지 않으면 백성들이 신명 나서 일하게 될 것이다.

백성을 사랑하는 마음으로 재정을 통제하면 백성이 화폐와 양식, 일용품을 소비할 때 자기 능력을 고려하여 지출을 조절할 것이다. 이렇게 되면 소비가 줄어들 것이다. 대체로 나라에서 생산되는 온갖 물품은 각기 그 한도가 있으니 덮어놓고 낭비해서는 안 된다.

만일 수입과 지출을 계산하여 절약하지 않는다면, 이는 사냥을 하기 위해 산에 불을 지르고 고기잡이를 하기 위해 연못을 말려 버리는 것과 다름없다. 한자리에 앉아서 헐벗고 굶주리는 것을 보려는 짓이다. 절약을 소홀히 하는 것도 이처럼 엄중한데, 하물며 고의로 백성들을 못살게 굴며 국가 재산을 탕진하면서 무익한 공사를 확장할 수 있단 말인가.

나라의 임금이 참으로 백성을 사랑하는 마음으로 생산을 늘리며 소비를 절약한다면 백성들의 저축은 곧 나라의 저축이며 나라의 재산은 곧 백성들의 재산이 될 것이다.

이렇듯 나라와 백성이 서로 의지하며 농업과 상공업이 서로 지탱하면

나라의 재정이 모자라거나 상하 간에 불평과 원한이 생겨날 리 없다. 그 뿐 아니라, 도리어 묵고 묵은 쌀이 해마다 쌓이며 먹고 남은 곡식이 창고에 쌓여 나라의 재정은 풍족해질 것이다.

지난날 상홍양, 유안, 왕안석* 같은 자들은 나라의 재정을 다스리면서 고리대금을 장려하고 민간의 곡식을 독차지함으로써 백성들과 함께 이익을 다투었다. 이런 방법으로 재정을 다스리면 서로 끝까지 빼앗지 않고는 만족하지 못하는 해로움만 생겨날 뿐이다. 어찌 백성들의 원한과 저주를 면할 수 있겠는가. 이것이야말로 실패하기 쉽고 바로잡기 어려운 재앙의 근원이다.

임금이라면 백성들이 원망하는 소리와 저주를 드러내기 전에 제때에 올바른 대책을 마련해야 하지 않겠는가.

* 상홍양, 유안, 왕안석은 모두 재정을 담당했던 중국의 관리들이다.

나라의 위험은 어디에서 비롯되는가

天地篇

고도로 발전된 정치는 형식과 틀을 차리려고 하지 않는다. 모든 것이 순조롭고 자연스럽기 때문이다. '자연스럽다'는 것은 하는 일이 없다는 뜻이 아니다. 한결같은 뜻으로 진행되어 한순간의 머무름도 있을 수 없다. 그러므로 순조롭게 실행하는 자는 성인이며 재간 있게 실행하는 자는 그다음이요, 갖은 노력을 다하여 힘써서 실행하는 자는 또 그다음이다.

나라를 다스리려고 하면서 자신부터 실행하지 않으면 백성들이 따르지 않는다. 백성들이 따르지 않는다고 해서 무력이나 권력 따위로 억눌러 꼼짝 못하게 하는 것은 위험한 방법이다.

옛날 성인은 온 천하가 흥성거리는 정치를 이룩하였는데 이제 덮어놓고 "어째 옛날처럼 하지 않느냐?"고 한다면 잘못이다. 예법과 음악이 갖추어져 당시에는 그 이상 더 할 것이 없었는데, 옛날 제도라 오늘의 현실에 맞지 않는다고 하는 것도 잘못이다.

그러나 옛것을 그대로 따르기만 하고 오늘의 풍토와 습성에 맞게 적용하지 않는다면 이는 옛것을 연구하여 현실에 적용하는 옳은 방법일 수 없다. 다만 대대로 바꿀 수 없는 원칙적인 문제들은 그 규범과 격식이 신중

하고 엄격하므로, 이런 것까지 고쳐 버려야 한다는 뜻은 아니다.

윗사람이 되었다고 해서 자만하지 말라. 윗사람이 자만하면 아랫사람도 자만하고 아랫사람이 자만하면 윗사람을 깔본다. 때문에 왕위를 빼앗고 임금을 시해할 조짐은 아래에서가 아니라 위에서부터 싹튼다. 그러므로 나라를 잘 다스리는 임금은 마음을 비우고 남의 의견을 받아들이고 나랏일을 망치는 임금은 교만만 부리다가 남에게 모욕을 당한다.

겉으로 나타나는 위험은 방지할 수 있으나 속으로 곪아 가는 위험은 방지하기 어렵다.

토목공사를 일으켜 궁전만 꾸리고 창고에는 곡식이 썩어 나며 옷차림이 지나치게 사치스럽고 생활이 방탕한 경우가 있다. 또한 이론은 실속이 없으며, 법령은 아침에 내렸다가 저녁에 고치고 윗사람은 의심에 휩싸이며 아랫사람은 원한을 품게 되는 일이 있다. 이것은 그 위험의 자취가 당장에 나타나지 않으나 남모르게 곪아 가는 위험이다.

권력을 쥔 신하가 정치를 좌우하고 교활한 여인들이 뒤에서 좀스럽게 못된 장난을 하며 아첨꾼인 측근들이 저희끼리 결탁하고 지방 관리들이 소란을 일으킨 예들이 있다. 이러한 위험은 비록 눈이 먼 자라도 발견할 수 있을 것이니, 단 한 사람의 용감한 무사만 있어도 든든히 무장을 갖추고서 목숨을 걸고 건져 내면 구원할 수 있다. 그러나 이도 또한 운이 좋은 경우이다. 진실로 피할 수 없는 난리가 생긴다면 미치지 못할 것이다.

유자한* 공께 드리는 글

上柳襄陽陳情書

여러 차례 마음과 정성을 다해 저를 대해 주시니 깊이 감사드립니다. 상국*이 은혜를 베풀어 돌보아 주신 것은 아마도 저의 하찮은 재간과 헛된 이름 때문이라고 생각합니다. 그래서 제 본모습을 숨김없이 말씀드리려고 합니다. 이는 스스로를 과장하거나 결점을 변명하여 남이 알아주기를 바라는 것이 아닙니다. 자랑을 한다 해도 온 세상이 모두 저의 헛된 이름을 알고 있으며, 변명을 한다 해도 온 세상이 저의 어리석은 바탕을 알고 있기 때문입니다. 어찌 상국 앞에서 새삼스럽게 저를 불리거나 줄여 해명하려고 하겠습니까.

제 성은 강릉 김씨인데 삼국시대 신라왕 김알지의 뒤를 이은 원성왕의 동생 주원의 후손입니다. 이는 《삼국사기》에 자세히 실려 있습니다. 어머니는 울진 선사 장씨입니다. 먼 조상 김연과 김태연은 대대로 고려에서 시중 벼슬을 하였는데 고려 시대의 역사에 기록되어 있습니다. 증조부에 이르러서는 봉익이란 벼슬에 그쳤고 부친은 그 음덕으로 벼슬길에 나서

* 유자한은 조선 전기 홍문관 부교리, 예문관 응교, 양양 부사를 두루 맡았던 문신.
* 상국은 영의정, 좌의정, 우의정을 통틀어 이르는 말.

려고 하였으나 병환 때문에 과거를 보지 못하고 말았습니다.

저는 을묘년(1435)에 서울 성균관 뒷마을에서 태어났는데 태어난 지 여덟 달 만에 글자를 알아볼 수 있었다고 합니다. 이웃에 계시던 할아버지 뻘 되는 친척 최치운이 제 이름을 '시습'이라 짓고 이에 대한 설명 글을 써서 제 외할아버지께 주셨답니다.

외할아버지는 저에게 말은 가르치지 않고 먼저 한문과 천자문 따위를 가르치셨는데, 그러다 보니 말은 제대로 못하면서도 글 뜻을 이해하였답니다. 자라서 말은 잘 못했으나 붓과 먹을 주면 글자는 쓸 줄 알더랍니다. 그러다가 세 살 적에는 글을 지을 줄 알았다는데, 사람들이 저를 '오세'라고 부르던 것은 제법 문리(글의 뜻을 깨달아 아는 힘)가 났을 때를 두고 말한 것입니다.

병진년(1436) 봄 외할아버지가 저에게 《초구抄句》를 가르칠 때도 아직 말은 잘 못했다고 합니다. 그러면서도 외할아버지께서 "난간 앞에 꽃이 웃어도 소리는 들리지 않더라."는 글귀를 보이면 손가락으로 병풍에 있는 꽃 그림을 가리키면서 입으로 중얼중얼 글 뜻을 아는 체하였답니다.

또 "수풀 속에 새가 울어도 눈물은 보기 어려워라."는 글귀를 외면 곧 손가락으로 병풍에 있는 새 그림을 가리키면서 입으로 중얼중얼 새 우는 시늉을 내었답니다. 그래서 외할아버지는 제가 글 뜻을 이해하는 것이라고 생각하시고 그해에 《초구》 백여 수와 당나라와 송나라 명인들의 시구를 많이 대어 주었습니다.

정사년(1437) 봄에 이르러 겨우 말을 할 줄 알게 되자 저는 외할아버지에게 다음과 같이 물었더랍니다.

"시란 어떻게 지으면 되나요?"

"한 자를 일곱 자씩 맞추어 운자를 달면 시가 된단다."

"그렇다면 저도 일곱 자쯤은 맞출 수 있으니 외할아버지가 먼저 첫 글자를 불러 보세요."

"오냐, 그러면 '봄 춘春' 자부터 시작해 보아라."

이렇게 외할아버지 말씀을 따라 저는 즉시 "봄비가 막을 치니 봄기운이 도는구나.〔春雨新幕氣運開〕" 하고 처음으로 글자를 붙여 보았답니다. 당시에 저희 집은 초가였는데 앞뜰에 가랑비가 부슬부슬 내리고 막 살구꽃이 피어나려는 경치를 두고 지었던 것입니다.

그 밖에 "복숭아꽃 울긋불긋 버들잎은 푸르러 춘삼월 봄철이 저무는구나.〔桃紅柳綠三春暮〕"와 또 "솔잎에 맺힌 이슬 푸른 바늘에 구슬을 꿴 듯하네.〔珠貫青針松葉露〕"와 같은 글귀들이 적지 않았지만, 모두 초고를 잃어버렸고 기억에도 남아 있지 않습니다. 이때부터 《정속》, 《유학》, 《자설》 같은 아동 서적을 끝마치고 《소학》을 읽기 시작해서 큰 뜻을 깨달았으며, 동시에 수천 자에 달하는 글을 엮을 수 있었던 듯합니다.

기미년(1439)에는 이웃에 계시던 수찬 이계전 스승 밑에서 《중용》과 《대학》을 배워 읽었는데, 이때 나이는 다섯 살이었습니다. 제 이름이 점차 서울 장안에 알려지게 된 것은 이때 몇몇 이웃 어른들이 소문을 퍼뜨렸던 까닭이었습니다.

이렇게 헛 이름이 알려지자 정승 허주가 집으로 찾아와서 "내 늙었으니

'늙을 로老' 자로 글귀를 지어 보라."고 하셨습니다. 저는 "늙은 나무에 꽃이 피니 마음은 젊었으리." 하고 대꾸하였습니다. 허주는 그만 손뼉을 치면서, "이야말로 신동이로구나." 하고 칭찬해 주었고 이 때문에 조정에도 소문이 퍼져 손님들이 종종 찾아오는 일이 있었습니다.

나중에는 세종 대왕도 들으시고 지신사* 박이창을 불러 사실 여부를 알아보라고 지시하게까지 되었던가 봅니다. 지신사께서 저를 불러 무릎 위에 앉혀 놓고 "네가 글을 지을 수 있느냐?"고 하기에, 저는 이내 "올 때에는 강보에 싸인 김시습입니다."고 여쭈었습니다.

또 벽에 걸린 산수화를 가리키면서 저것을 보고 글귀를 지으라고 하기에, "작은 정자 배 다락에 어떤 사람이 있는고?" 하고 바로 응대하였습니다. 이런 식으로 산문과 시를 지은 것이 적지 않았습니다.

지신사는 이를 즉시 왕께 보고하였고 왕은 "친히 불러 보고 싶기는 하나 세상 사람들의 이목을 끌지 모르니 자기 집에 돌려보내 부지런히 공부나 시키도록 하라. 앞으로 자라 학업이 성취되면 크게 쓰리라." 하시며 선물을 내려주고 집으로 돌려보내셨습니다.

이 해부터 열세 살까지는 이웃인 대사성 김반을 스승으로 모시고 《논어》, 《맹자》, 《시전》, 《서전》, 《춘추》를 읽었고, 또 겸사성 윤상에게 《주역》과 《예기》를 배웠습니다. 그 밖에 역사 문헌들과 제자백가 같은 문헌은 그냥 배운 데 없이 쭉 훑어보기만 하였습니다.

* 임금의 명령을 받아 전하는 벼슬.

열다섯에 이르러서는 어머니를 여의고 외할머니 밑에서 자라게 되었는데 외할머니는 오직 하나뿐인 외손자를 친손자처럼 애지중지하셨습니다. 어머니가 돌아가신 뒤로는 서울을 떠나 주로 농촌에 나가 있었는데 삼년상이 끝나기 전에 외할머니마저 세상을 떠나 버렸습니다. 집에 홀로 계시던 아버지는 줄곧 병으로 신음하시고 살림살이를 돌보지 못할 형편이어서 계모를 맞이하게 되었지만 집안일이 여간 어수선하지 않았습니다.

저는 어릴 적부터 부귀영달을 좋아하지 않았을 뿐 아니라 친척과 이웃 사람들이 지나치게 추어주는 것도 딱 싫었습니다. 그러다가 제 마음과 세상일이 뒤틀어져 허둥지둥하는 동안에 세종과 문종은 연이어 세상을 떠나 버리시고 말았습니다. 세조 초기에는 옛 벗들과 중신들이 모조리 참화를 당했으며 다시 불교가 크게 일어나자 유학이 점차 기가 꺾이고 제 희망과 의욕은 완전히 사라지고 말았습니다.

그러다 승려들을 벗 삼아 산골로 떠돌아다니게 되었으며, 제가 불교를 좋아한다고 오해히는 사람들이 있었습니다. 그러나 제 본뜻이 아닌 불제자로 세상에 알려지고 싶지 않았기 때문에 세조가 여러 차례 지시를 내려 저를 불렀으나 저는 끝끝내 응하지 않았던 것입니다.

이리하여 몸가짐과 행동이 더욱 거리낌 없어졌고 양반들과 휩쓸려 사귀기를 싫어했던 탓에 바보 천치나 미친 사람 취급을 받기도 했습니다. 심지어 저를 보고 말 새끼, 소 새끼라고까지 부르는 이가 있었으나 그런 것도 개의치 않고 그대로 대꾸해 주었을 뿐입니다.

이제 새 왕이 등극하여 어진 인재를 등용하고 좋은 의견들을 들어준다고 하기에 속으로 벼슬이라도 해 볼까 한 적이 있었습니다. 십여 년 전부터 다시 고전을 정독하여 기초도 쌓았고 조상의 전통을 이어 가정을 꾸려야 할 책임감도 느꼈기 때문입니다.

그러나 제 염원과 사회 현실이 모난 자루가 둥근 구멍에 맞을 수 없듯이 언제나 뒤틀어졌을 뿐입니다. 옛 벗들은 모두 없어져 버렸고 새로 사귄 벗들은 아직 익숙하지 못하니 제 뜻을 누가 알아준단 말입니까. 할 수 없이 또다시 산골짜기로 떠돌이의 차림을 꾸려 떠나왔던 것입니다.

여기까지가 제가 걸어온 삶의 모습입니다. 상국께서 대강은 짐작하셨으리라 믿습니다. 저를 통 이해하지 못하는 자들은 집이 가난한 탓에 저렇게 너절하게 떠돌아다니면서 자기 뜻을 펴지 못한다고도 하고, 심지어는 집안 살림살이를 있는 대로 다 팔아먹고 가난을 못 견뎌서 사방으로 굴러다니는 것이라고도 합니다. 이 얼마나 가소로운 일이겠습니까. 모두 뜬소문일 뿐입니다. 헛된 이름이 어찌 이렇게도 조물주의 시기를 받게 되었는지 참으로 한심한 노릇입니다.

그런데 상국은 제 정체를 분명히 모르시는지 저를 지나치게 추어올려 지난날 옛 벗이었던 김수온, 서거정, 김뉴처럼 한결같이 잘 대해 주셨습니다. 그리고 저의 거리낌 없는 행동에도 불구하고 한층 더 친절히 맞아 주시면서 조정의 벼슬길에 나서라고까지 권유해 주시니 은혜가 더할 나위 없이 큽니다.

저 또한 상국의 자제들과 함께 어디 조용한 장소를 택하여 글이나 지어 볼까 하였습니다. 마침 올해는 이 골짜기에서 보리와 조를 비롯한 곡식들을 한 마지기에서 한 섬지기나 갈았더니 땅이 원래 기름진 덕으로 이삭이 꽤 잘 여물어 가을에 추수하면 여남은 섬은 될 듯했습니다. 그래서 이것을 가지고 고을 근처에 자리를 잡고 상국의 도움을 받는다면 내년 양식은 걱정할 것이 없으리라고 여겼습니다.

그런데 지금 막 산골에 돌아와 보니 불과 며칠 동안에 모조리 산쥐들의 피해를 입어 남은 것이 몇 알 될 것 같지 않아 우두커니 바라만 보고 탄식할 뿐입니다. 만일 가진 것 없이 남에게 등만 대고 관가 덕으로 입에 풀칠을 하면서 이러니저러니 하여 고분고분 얻어먹고 살아간다면 선비의 몰골이 말이 아닐 것입니다. 보는 사람들도 가난을 못 이겨 비렁뱅이처럼 밥술이나 얻어먹고 있다고 하지 않겠습니까?

옛말에 늙어 갈수록 더욱 굳건해지고 궁핍할수록 지조를 굳게 지킨다고 했는데, 이야말로 제가 걸어갈 길이라고 생각합니다. 지금 제 형편은 매우 곤란한 지경이나, 제가 이 산골을 버리고 출세 길을 택하기에는 다섯 가지 옳지 못한 것이 있습니다.

세상 사람들은 제 행동만 따질 뿐 추구하는 바는 이해하지 못할 것이니, 앞으로 무엇으로 저에게 입혀지는 괴로움을 씻고 행동을 변명하겠습니까? 이것이 첫째 부당한 조건입니다.

만일 아내를 맞이하여 가정을 꾸린다 해도 살림살이에 얽매여 생활 형편이 자유롭지 못할 것이니, 이것이 둘째 부당한 조건입니다.

설사 아내를 맞이한다 해도 도연명의 아내 적씨나 양홍의 아내 맹광 같은 어진 부인을 만나기는 어려울 것이니, 이것이 셋째 부당한 조건입니다.

비록 벗들이 주선하여 한자리 벼슬을 얻게 되더라도 지위가 아주 낮은 벼슬로는 제 포부를 실현하지 못할 뿐 아니라, 성격이 고집스러워 보잘것 없는 무리들과 휩쓸리지는 못할 것이니, 이것이 넷째 부당한 조건입니다.

제가 산골에 사는 것은 강산의 뛰어난 경치를 사랑하기 때문이고 밭갈이 농사일만이 목적이 아닌데, 올해 농사에 실패했다고 해서 산 밖을 나가 살길을 찾는다면 남들은 가난을 못 견뎌 동요했다고 할 것이니, 이것이 다섯째 부당한 조건입니다.

선비는 세상 형편이 뜻에 맞지 않을 때는 물러가 은퇴 생활을 하는 것이 원래 마땅한 일인데, 어찌 남의 비방을 받아 가면서 억지로 출세를 하려 한단 말입니까.

전날 당신이 보낸 여인은 아무리 봐도 돈을 보고 남편을 구하려는 사람인 것 같았습니다. 저 같은 자에게는 따르지 않을 사람이라고 짐작하였거니와 저 또한 그런 여인에게는 마음이 내키지 않았던 것입니다. 그래 일부러 달빛에 흥을 못 이겨 경치 구경을 하는 체하면서 그의 태도를 보았더니 짐작한 대로 떠나 버리고 말았습니다. 이튿날 당신이 대단히 걱정하시더란 말을 듣고는 죄송스럽게 여겼습니다.

제가 오늘 상국을 알게 된 것은 이른바 천리마가 백락*을 만난 셈이니 날개를 펼치고 소리를 지를 기회이며, 백아*가 종자기를 만난 셈이니 자

---

* 백락은 중국 춘추전국시대 인물로, 안목이 뛰어나서 그가 고르는 말은 백이면 백 명마였다고 한다.
* 백아는 중국 춘추시대의 거문고 명인. 그의 거문고 소리를 즐겨 듣던 종자기가 죽자 자기의 거문고 소리를 이해하는 벗을 잃었다고 슬퍼하며 거문고 줄을 끊고 일생 동안 거문고를 타지 않았다고 한다.

기 재간대로 거문고를 한껏 타 볼 기회라고 생각합니다. 그러기에 제가 마땅히 해야 하는 것, 예를 들어 학문에 대한 토론이나 글을 엮는 것쯤은 제 힘을 아끼거나 속마음을 다 털어놓지 않는 일이 없었습니다. 다만 이 산골을 버리고 출세 길을 택하라는 권고만은 두고두고 생각해도 받아들일 수 없습니다.

아, 상국과 같이 어진 이는 간곡한 관심을 쏟아 여러 가지로 돌봐 주려는데, 저 하늘은 무슨 일로 올해 농사를 끝까지 못 먹도록 한단 말입니까? 앞으로 긴 호미 연장을 마련하여 복령과 창출이나 캐어 보렵니다.

너절하게 출세 길을 택하는 것보다 차라리 이 산골에 노닐면서 깨끗이 여생을 마쳐, 천년 뒤에 이 몸의 깨끗한 기개를 알아주기를 바라는 것이 나을 거라고 생각합니다.

고귀한 은혜에 감격하여 눈물을 뿌리며 종이를 펼쳤으나 눈앞이 캄캄하여 우선 이렇게 적어 인사를 드리니 널리 살펴 주시기를 바랄 뿐입니다.

팔월 이십육일에 당신의 기억에 남아 있는 김열경*은 엎드려 절하고 말씀을 올립니다.

* 김열경은 김시습의 다른 이름.

우리 고전 깊이 읽기

- 매월당 김시습의 삶
- 우리나라 최초의 소설 《금오신화》
- 김시습의 시와 정론과 서한문

매월당 김시습의 삶

김시습(1435~1493)은 조선 세종 때 한양에서 태어났다. 외할아버지에게 글자를 배웠고, 세 살 때 이미 한시를 지을 줄 알았다고 한다. 어린 시절 총명함으로 소문이 자자했고 가장 대표적으로 전해지는 일화가 세종과 김시습의 만남이다. 김시습이 신동이라는 소문을 들은 세종이 신하를 시켜 시험을 해 보고는 장차 크게 쓸 재목이니 열심히 공부하라고 당부했다는 것이 그것이다. 상으로 비단을 가져가게 했더니 비단을 풀어 그 끝을 서로 이어서 끌고 나갔다는 이야기는 그의 비범함을 돋보이게 한다. 사람들은 다섯 살의 나이로 임금 앞에 나아가, 천부적인 능력을 발휘한 김시습을 '김오세'라고 불렀다고 한다.

그러나 열다섯 살 즈음에 어머니가 돌아가시면서 그의 삶에도 힘든 시기가 찾아왔다. 아버지의 재혼으로 외갓집에 맡겨졌으나 얼마 지나지 않아 돌봐 주던 외할머니마저 죽고, 아버지 또한 중병에 걸리며 어린 나이에 감당하기 힘든 시련이 이어졌다. 그러다 혼인을 하게 되지만, 그마저도 순탄치 못했다.

스물한 살 때 삼각산 중흥사에서 공부를 하던 김시습은 수양대군이 단종을 내쫓고 왕위에 올랐다는 소식을 듣고는 울분을 참지 못하고 보던 책도 모두 불태워 버렸다고 한다. 그러고는 공부를 접은 것은 물론, 스스로 머리를 깎고 스님이 되어 방랑의 길을 떠났다. 이때 다시 단종을 왕으로 세우려다 세조에 의해 거열형*을 당한 사육신들의 시신을 수습하여 지금의 노량진에 매장한 사람이 김시습이라는 기록이 남아 있다.

서른한 살 때인 1465년 봄에 경주로 내려가 금오산에 금오산실을 짓고 살았는데, 이때 매월당梅月堂이란 호를 사용하였다. 바로 이곳에서 우리나라 최초의 한문 소설인 《금오신화》를 비롯한 수많은 시편들을 썼다고 알려졌다.

성종 12년(1481)에 환속(승려가 다시 속인이 됨)하여 안씨를 아내로 맞이하였다. 그러나 얼마 지나지 않아 아내가 죽자 다시 서울을 등지고 방랑의 길을 떠났다. 충남 부여의 무량사에서 쉰아홉 살로 생을 마감하였다.

* 거열형은 죄인의 다리를 수레 두 대에 한쪽씩 묶어서 몸을 두 갈래로 찢어 죽이던 형벌.

우리나라 최초의 소설 《금오신화》

《금오신화》의 '금오'는 경주 남산의 봉우리 이름이다. '신화新話'는 '새로운 이야기'라는 뜻으로 민족, 국가의 기원과 관련된 초자연적 존재와 그 업적을 이야기하는 '신화神話'와는 다르다. 결국, 《금오신화》라는 제목은 작가가 '금오에서 쓴 새로운 이야기'를 뜻한다. 《금오신화》에는 다섯 편의 한문 소설이 실려 있다. 이 작품들을 최초의 소설이라 말하는 까닭을 살펴보자.

먼저, 소설은 현실에 있음직한 일을 상상해서 꾸며 낸 글로, 이야기를 담은 서사성이 있어야 한다. 《금오신화》에는 남녀 주인공이 겪는 사랑과 이별의 사연을 담은 이야기들이 실려 있다. 그런가 하면, 꿈속에서 용궁과 염부주를 구경하고 돌아온 남자 주인공의 이야기가 시간의 흐름에 따라 서술되기도 한다. '인물'을 중심으로 '사건'이 발생하고, 우리나라의 다양한 시공간과 민속 공간을 '배경'으로 하고 있어 소설을 구성하는 요소들을 모두 갖추었다.

다음으로, 소설은 허구성을 특징으로 한다. 허구성이란 실제로 일어난 일은 아니지만 삶의 진실을 담고 있는 꾸며 낸 이야기라는 뜻으로, 단순히 흥미 위주의 우스갯소리처럼 들리는 민담과는 다르다.

《금오신화》에 실린 다섯 편의 소설 가운데 '만복사 윷놀이(만복사저포기)'는 남원에 사는 양생이 만복사에서 부처와 윷놀이를 하고 소원대로 인연을 만난다는 이야기이다.

'이생과 최랑(이생규장전)'은 송도(개성)에 사는 젊은 선비 이생이 우연히 담장 안의 양반집 아가씨 최랑을 엿본 뒤 만남과 이별을 되풀이하는 이야기이다.

'부벽정의 달맞이(취유부벽정기)'는 개성의 상인 홍생이 달밤에 취해 대동강 부벽루에서 고국의 흥망을 탄식하는 시를 짓다가 아리따운 여인 기씨녀를 만나 겪은 이야기이다.

'꿈에 본 남염주부(남염부주지)'는 유학에 뜻을 두고 열심히 공부하였으나 과거에는 합격한 적 없는 박생이 꿈속에서 남염부주에 가고, 그곳에서 염마왕을 만나 토론을 벌이고 돌아온다는 이야기이다.

'용궁의 상량 잔치(용궁부연록)'는 고려 때 문장에 능했으나 벼슬할 기회를 얻지 못한 선비 한생이, 꿈속에 용궁에 가서 누각의 상량문을 지어 주고 용궁을 두루 구경하고 돌아온다는 이야기이다. 이렇게 다섯 편의 소설이 모두 꾸며 낸 이야기로 허구성을 지니고 있다.

이러한 점들을 바탕으로 《금오신화》는 우리나라에서 쓰인 첫 소설이라 할 수 있다. 다만, 현대소설처럼 갈등이 구체적이고 다양하게 드러나지 않고 삽입 시가 자주 등장하는 것은 그만큼 서사성이 약하다는 것을 보여 준다. 이는 초기 소설의 한계로 볼 수 있다. 또한 기자조선*의 멸망이라는 역사 사실이나 용궁, 염부주 같은 특정한 민속 공간을 설정하여 교술성(대상이나 세계를 객관적으로 묘사하고 설명하는 성질)이 두드러진 점도 같은 맥락으로 볼 수 있다.

* 기자조선은 은나라가 망한 뒤 기자(箕子)가 고조선에 망명하여 세웠다고 하는 나라. 현재 학계에서는 그 실재를 부정하고 있다.

《금오신화》의 주인공들은 모두 인간 사회에서 살아가는 평범한 인물들이다. 이들은 신도 아니고 영웅도 아니지만 죽은 사람과 사랑을 나누고 용왕, 염라대왕을 만난다는 설정이 신비로움을 자아낸다. 이처럼 비현실적이고 괴이하여 현실을 벗어난 불가능한 일들이 일어나는 특성을 전기성傳奇性이라고 한다. 《금오신화》는 인간 주인공이 신비로운 체험을 하는 내용을 통해 이러한 전기적 요소가 나타난다.

자세히 살펴보면, '만복사 윷놀이', '이생과 최랑', '부벽정의 달맞이' 세 작품에서는 여성 주인공이 등장하는데 모두들 죽은 여인의 혼령이라는 공통점이 있다. 그런가 하면 '꿈에 본 남염부주'와 '용궁의 상량 잔치'는 각각 염부주와 용궁이라는 비현실적 공간을 배경으로 하고 있어 매우 환상적이다.

또한 작품에서 주인공이 꿈속에서 겪는 일을 중심으로 내용이 전개되는 점은 그 뒤에 나타나는 《원생몽유록》(임제), 《운영전》(작자 미상), 《구운몽》(김만중) 같은 몽유록계 소설들에 영향을 미친 것으로 볼 수 있다.

한편 《금오신화》에 등장하는 남자 주인공들은 작가 김시습을 우의적(다른 사물에 빗대어 비유적인 뜻을 나타내거나 풍자함)으로 드러내고 있다. '만복사 윷놀이'에서 양생은 고독하고 한 많았던 현실의 김시습을, '이생과 최랑'에서 이생은 끝까지 절의를 지켰던 생육신으로서의 김시습을, '부벽정의 달맞이'에서 홍생은 유학자로서 현실에 허무를 느낀 김시습을 각각 대변한다.

또한 '꿈에 본 남염부주'에서 박생과 '용궁의 상량 잔치'에서 한생은 현실에서 글재주로 이름은 났지만 크게 인정받지 못했던, 그래서 자기 뜻을 펼치지 못했던 김시습을 각각 대변한다.

결국 김시습은 《금오신화》에 실린 소설 다섯 편을 통해 자기 속마음을 우의적으로 드러냈다고 볼 수 있다. 그리고 그 과정에서 전기적 요소와 '현실-꿈-현실'이라는 환몽 구조를 효과적으로 활용한다. 즉, 비현실적인 상황 설정과 '꿈'이라는 장치를 통해 현실에서 이루지 못한 욕망을 실현하고 자신이 하고 싶었던 말을 대신한 것이다.

《금오신화》는 임진왜란을 칠 년 동안 거치면서 불에 타거나 외세에 빼앗기며 한반도에서는 거의 자취를 감추었다. 그런데 수백 년 동안 전하지 않던 《금오신화》는 1920년대 최남선이 일본 판본을 처음 소개했고, 16세기 임진왜란 전의 목판본 《금오신화》가 중국 동북지방의 한 국립도서관에서도 발견되기도 했다.

김시습의 시와 정론과 서한문

《매월당집》은 김시습의 글을 모아 엮은 시문집이다. 그가 세상을 떠난 지 18년이 지난 중종 때 김시습이 남긴 글들을 모으기 시작했는데, 그때 모아진 글들은 모두 그가 직접 손으로 쓴 글이었다고 한다. 그 뒤 선조 35년(1602)에 왕명에 따라 책을 만들고 인조 때 고쳐 간행하였다.

《매월당집》에 실린 그의 한시에는 백성을 바라보는 삶의 고뇌와 시대를 향한 매서운 비판 의식이 드러난다. 자신의 불우한 처지를 바탕으로, 당대의 사회 현실을 때로는 사실적으로 때로는 풍자적으로 그려 낸 작품들이 그것이다. 봉건 시대 농민들의 비참한 생활을 그려 내거나, 양반들의 그릇된 행동을 알리거나 비판하고, 일하는 백성들과 여인들의 애틋한 심정을 노래하기도 하였으며, 부패한 사회 풍조를 풍자하기도 했다. 그런가 하면 일신의 부귀영화를 버리고 정의를 갈망하는 내용을 담아내기도 했고, 아름다운 조국 강산을 노래하고 우리나라의 역사를 읊은 시들을 짓기도 했다.

김시습의 정론(이치에 맞는 의견이나 주장)과 서한문(편지글)에서는 사회 현실에 대한 정치적 견해를 엿볼 수 있다. 백성을 나라의 근본으로 생각하고 백성을 사랑하는 정치를 하기 위한 구체 방안을 제시한 글을 비롯하여, 임금은 임금답게 일하고 신하는 신하답게 자신의 본분을 지킬 것을 강조한 글도 볼 수 있다.

'애민의愛民義'는 '백성을 사랑하는 바른 이치'를 말한 글로, 백성을 사랑한다는 것은 한마디로 어진 정치를 베푸는 것이라고 했다. '애물의愛物義'는 '동물을 사랑하는 바른 이치'를 말한 글로, 사람을 어질게 대하고 동물을 사랑하는 법에 대해 묻고 답하는 형식으로 밝히고 있다. '인신의人臣義'는 '신하의 바른 도리'를 말한 글로, 군주와 신하는 서로 하나되어 오직 나라를 위해 일해야 하며 나랏일이 잘되도록 공동 목적을 이루어야 한다고 했다. '인재설人才設'은 '인재에 관한 이야기'로, 나라를 다스리는 데는 인재를 선발하는 것을 근본으로 삼을 것을 강조했다. '생재설生財設'은 '재물을 늘리는 것에 관한 이야기'로, 어진 정치로 재정을 통제하면 백성이 자기 능력에 맞게 소비할 것이고 나라 재정이 다스려질 것이라고 했다. '천지편天地篇'에서는 '하늘, 땅, 세상에 관한 이야기'를 엮었는데, 나라의 위험이 어디에서 비롯되는지에 대한 통찰을 보여 주었다.

　또한 유자한 공께 드리는 서한문에서는 여러 차례 자기에게 정성을 다해 대해 주었던 유자한에게 고마운 마음을 전한다. 어릴 적부터 방랑을 떠나기까지 자기가 겪은 삶들을 진솔하게 고백하는 한편, 산골을 벗어나 출셋길로 나서라는 권유를 거절할 수밖에 없는 까닭을 솔직하게 풀어내기도 한다. 이렇듯 그의 정론과 서한문은 인간 김시습의 면모를 가장 잘 드러내는 글이라 할 수 있다.

만남 2

금오신화

청소년들아, 김시습을 만나자

2023년 4월 24일 1판 1쇄 펴냄 | 2024년 11월 20일 1판 2쇄 펴냄

글쓴이 김시습 | **옮긴이** 류수, 김주철
다시쓴 이 이삼남 | **그린이** 송만규

편집 김로미, 박은아, 이경희, 임헌 | **교정** 김성재
디자인 이종희 | **제작** 심준엽
영업마케팅 김현정, 심규완, 양병희 | **영업관리** 안명선
새사업부 조서연 | **경영지원실** 노명아, 신종호, 차수민
인쇄와 제본 ㈜상지사 P&B

펴낸이 유문숙 | **펴낸 곳** ㈜도서출판 보리
출판등록 1991년 8월 6일 제9-279호
주소 (10881) 경기도 파주시 직지길 492
전화 031-955-3535 | 전송 031-950-9501
누리집 www.boribook.com | **전자우편** bori@boribook.com

© 보리, 송만규, 2023

ISBN 979-11-6314-289-8 44810
ISBN 978-89-8428-629-0 (세트)